あの日、小林書店で。

川上徹也

PHP文庫

○本表紙図柄＝ロゼッタ・ストーン（大英博物館蔵）
○本表紙デザイン＋紋章＝上田晃郷

小林書店

軽やかなメロディが鳴り始めると、新幹線の車内の空気が変わった。

気の早い乗客は立ち上がり、網棚の上の荷物を下ろし始める。

私はちょうど読み終えた本を閉じた。

メロディが終わると、少し思わせぶりな間があり、やがて美しい女性の自動アナウンスが流れる。

「まもなく終点、新大阪です」

3年ぶりの大阪に、胸が高まる。

あの人と会えるからだ。

今日、私はある報告をしに由美子さんの元を訪れる。

そして思い出す。

私が新入社員だった5年前の時のことを。

あの時も同じアナウンスを耳にしたはずだ。

しかし、今と気分は正反対だった。

自分が大阪に売られていく子牛のように感じていた。

本当に恥ずかしいほどのあまちゃんだった私が、何とか大阪でやっていけたのはすべて由美子さんのおかげだ。

由美子さんがやっている、尼崎市の立花《たちばな》にある小さな小さな本屋「小林書店」。

私、大森理香《おおもりりか》は、仕事で大切なことはすべて小林書店から学びました。


今から5年前、私は「出版取次《しゅっぱんとりつぎ》」の大手企業「大販《だいはん》」に入社した。

出版業界に特に興味があったわけではない。そもそも、それまでの私は、本も読書もたいして好きではなかった。

決め手は、他に内定をもらった会社より規模が大きかったこと。

どんな仕事がしたいという確固たる思いも、たいした野望もなかった私は、正直に言うと大企業であればどんな会社でもよかった。

もちろん、誰もが知っている知名度の高い会社や、みんなからうらやましがられるようなブランド企業にこしたことはなかったけど、そんな会社がわざわざ私を選んでくれないことは自分自身が一番よくわかっていた。

「大販」は、もともとは大日本出版販売という社名で、その略称が十数年前に正式な社名になった会社だ。グループで従業員3000人以上、売上も6000億を超える。出版社や書店に比べて一般的な知名度は低いが、出版業界では、二大取次と呼ばれるライバルの「テーハン」（帝国出版販売）と並んで圧倒的な大企業だった。

しかし正直言うと、就職活動を始めるまでそんな会社があることすら知らなかったし、取次なんて言葉、聞いたこともなかった。

大企業を目指したのは、両親を安心させたい一心だった。

私は、生まれも育ちも東京の世田谷区。近くに駒沢公園がある静かな住宅地は居心地がよく、生まれてからそれまで一度も家を出たい気持ちは起きなかった。

普段の買い物や外食は自由が丘か二子玉川で事足りて、たまに渋谷に行くと人の多さに疲れるだけだ。旅行も特に好きじゃない。年に一度の、両親と私、家族3人で行く箱根の温泉で十分だった。

中学から同じ区内の私立女子校に通い、そのまま大学までエスカレーターに乗った。

就職先までエスカレーターが続けばいいのに、なんて思っていたけど、さすがにそうはいかなかった。

父親は、世間的な知名度は低いが、日本を代表する大きな部品加工メーカーに勤めている。世間に名前は知られていないが何万人もの従業員がいる大企業であることを、両親ともに誇りにしていた。そんな彼らを安心させるには、それなりの大企業であることが何よりも重要だったのだ。

それにしてもこんな甘い就職活動でよく入社できたものだ。


4月。「大阪」に入社してすぐ、2泊3日の導入研修があった。

2泊3日と聞くだけで、もうすでに胃が痛んだ。

友達との旅行も好きじゃないのに。

母が持たせてくれた胃薬を鞄にしまい、水道橋にある「大阪」東京本社前に向かった。

本社前に1台の大型バスが停車している。

これに新入社員50名が乗り込み、近郊の研修施設へと向かう。

バスに乗り込むとさっそく自己紹介タイムだ。

アイウエオ順だからすぐに回ってくる。

何を言えばいいんだろう。

趣味とか言えばいいんだろうけど、これといった趣味はなかった。

人の自己紹介をぼんやり聞きつつ、自分のことを考えているうちに私の番が来てしまった。

「大森理香です。世田谷女子大学社会学部を卒業しました。趣味はやっぱり読書です」

早々に嘘をついた。

やっぱり出版業界なんだからそう言っておいた方がいいかと思ったのだ。私の前の3人もそうだったこともあった。昔から同調圧力に極端に弱い。

「今、好きな作家さんを探し中なのでお勧めがあったら教えてください」

嘘2個目。

考えたら、趣味が読書なら、好きな作家は何人かいて当たり前だ。今から探すなんておかしい。ま、いいか。

「そんな私ですが、よろしくお願いします」

と強引にまとめた。

やがてバスは研修施設に到着した。

着いてすぐに研修は始まった。50名の新入社員たちは10グループに分かれて、いろいろな講義やワークショップを体験する。

私はDグループに所属になった。

5人中、女子は2人。

もうひとりの女子は、御代川姫乃《みよかわひめの》というインパクトのある名前だった。化粧はやや濃いめ。明らかにブランド物とわかるバッグや時計。全体的に地味なこの会社にはそぐわない感じだ。

そんなふうに思っていると、いきなり上から目線で質問された。

「大森さんってどうしてこの会社を選んだの？　出版社に行きたかったけど落ちたパターン？」

「あ、私、出版業界はここしか受けていないんです。金融系とか全滅で、まだ試験が残っていたのがここで」

「私はね、新規事業がやりたいの。出版業界って基本オワコンだけど、取次が本を起点としたソーシャルビジネスをしたらまだまだ可能性があると思わない？」

何を言っているかよくわからなかったが、とりあえず「そうなんですね」とうなずいておいた。同期のはずだけど、ちょっと敬語になってしまう。

「大森さんは？」

「私は特に希望はないです。できるだけ人に会わなくていい仕事がいいかな」

「ふーん、そうなんだ」

御代川さんはちょっと私を見下したように言った。

まるで「そんなのでよくこの会社に入ったわね」と言われている気がした。

そこへ、同じグループの高坂《たかさか》君が話に割って入ってきた。

眉毛が濃く、胸板が厚く発言も熱い。

「僕は、希望なんて特になくてもいいと思うな。第一、そんな希望を持って入社したって希望通りの配属なんてほぼ無理なんだから」

へぇ……そういうものなんだ、配属って。

とぼんやり考えていると、御代川さんは明らかに不機嫌そうな表情をしている。

私がぼんやりしているせいで、御代川さんと高坂君はこの後も言い争うことがよくあった。ほんと申し訳ない。

私はとにかく目の前の研修の課題を処理していくだけで精一杯。自分がどこに配属されるかなんて深く考えていなかった。

入社してすぐの2泊3日の導入研修は、その後の研修に比べたらお遊びのようなものだった。その後、物流センターや返品センターでの研修が待ち受けていたからだ。

最初は、八王子物流センターでの研修。こちらは出版社で作られた本が集まってくる場所だ。

ローラーに乗って次から次へと運ばれてくる本を、私たちは作業台で待ち受ける。それらの本を仕分けして全国の書店に流通させていくのが仕事だ。大部分は機械化されてはいるが、要所要所で人手も必要なのだ。

そのほとんどはチェックするだけの仕事なのだけど、目を離すことは許されない。ずっと立って本を見守り続けなければならないのだ。ひたすら立ちっぱなし。足はどんどんむくんでいく。機械の流れを止めるわけにもいかず、トイレのタイミングもわからない。

休憩時間になると、女子たちが集まり、愚痴と弱音を言い合った。

みんなの愚痴と弱音の要点をまとめると、以下のようになる。

「思っていた会社とはぜんぜん違う」

大量に流れてくる本は、文化の薫《かお》りはかけらもなく工業製品にしか思えない。

それでも私たちは「1カ月の辛抱だから」と励まし合った。

一方、男子社員たちはそんな私たちに厭味《いやみ》っぽい口調で突っかかってくる。

「いいよなあ、女子は。なんだかんだ言っても配属はほとんどが本社だろう」

そうなのだ。大阪の男性新入社員の約半数は物流センターでの肉体労働を経て、本社なり、支社へと配属されていくらしい。元から体育会系で肉体労働に向いていそうな新人は物流センターをパスできるが、少しひ弱な感じの新人は必ず物流センターに回されるという噂だ。あくまで都市伝説的な噂だが。

八王子での研修が終わると、今度は入間返品センターでの研修が待っていた。

入間に比べると、まだ八王子は天国だったかもしれない。たとえ文化の薫りはしなくても、扱っていたのはこれから書店に羽ばたいていく未来のある「本」だったからだ。

一方、入間返品センターは、本の最終処分場だ。

入社するまで知らなかったが、日本の出版・書店業界は「委託販売制度」と「再販売価格維持制度」というのが二本柱になっている。ごく簡単に言うと、書店は本を仕入れる時に買い取るのではなく委託されているだけで、返品するとお金が戻ってくるのだ。

そしてこの返品センターは、そのような売れ残った本たちが全国の書店から戻ってくる場所だ。こちらで分別して、出版社の倉庫に送り返される。

物流センターと同じように重労働であることは変わらなかったが、返品センターでの作業はさらに精神的にダメージが強かった。

書店の店頭で傷《いた》み、焼けて埃《ほこり》をかぶってきた本たちである。マスクは必須だし、偏見かもしれないが、選ばれなかったという負のオーラに満ちている。これから巣立っていく物流センターと違って、返品センターでの社員たちの本の扱い方は、ややぞんざいになっている気がする。あくまでもそんな気がするだけかもしれないが、まるで、自分の将来を見せられているようで、少し陰鬱《いんうつ》な気分になった。

出版社の倉庫に送られる本の将来はどうなるかの話を聞くと、さらに気分は落ち込む。

しばらく寝かされて、新品の在庫が少なくなれば、汚れなどを取り、再生できそうなものはもう一度お化粧をし直して（研磨して新しいカバーをかけ）、市場に出されることもあるにはある。

しかし大半の書籍は、しばらく寝かされたのちに、裁断になる。身も蓋《ふた》もない言い方をすれば、表紙は引きちぎられ、中身は切り刻まれてリサイクルに出され再生紙になるのだ。出版社にとって倉庫代は莫大な出費だ。もう売れる見込みがなさそうな本にスペースを取る余裕はないらしい。

それにしても、毎日毎日、これほどまでに大量の本が返品されてきて、出版社は本当に大丈夫かと思う。

こうして1カ月に及ぶ研修は終わった。

研修の最終日、配属の発表があった。

大会議室に集められた私たち新入社員は、人事部長の発令を集中して聞いていた。人事部長の後ろには各配属先の上司が立っている。

自分の名前が読み上げられたら返事をして、前に出て行き、配属先の上司のところへ並ぶというシステム。

どの人が私の上司になるんだろう。みんな同じようなスーツを着て特徴がない。誰がどのセクションかはわからないけど、スーツが窮屈そうで着慣れていない感じなのは、普段作業着で仕事している物流センターか返品センターの人だろうか。

「高坂靖《やすし》。八王子物流センター」

高坂君の顔が一瞬曇ってすぐにいつもの笑顔になった。

あれ、意外だ。もともと体育会系の高坂君なのに、物流センター。やはりあの噂は都市伝説だったのか。

次々に名前が呼ばれ、皆、返事をし、席を立ち、前へ行く。

なんだか私たち、競売にかけられ、売られていくみたい……。

「御代川姫乃。本社システム部」

御代川さんはシステムか。うわ、顔がすごいひきつっている。

本を起点にしたソーシャルビジネスとか言ってたもんな。

システム部の上司は、いかにも、ITが得意そうな感じのオタクな印象。

御代川さん、下を向きながらその男性の元へ行った。

「大森理香。大阪支社営業部」

え？ 今何て言った？ 大森？ 大阪？

「あれ？ 大森さん？ いますか？」

人事部長の声が、耳に入ってこない。

隣の子が私の肩をたたき、呼ばれていることを教えてくれた。

「は、はい!! 私です」

急いで前に行く。

人事部長が申し訳なさそうに私に言う。

「今日は、大阪支社の部長が急に来られなくなってね。悪いけどそこに残っていてくれる？」

「あ、はい。あのー」

「何？」

「大阪ですか？」

「大森理香さん、大阪支社、営業部です。期待してるよ」

「あ、ありがとうございます」

私は反射的に返事をする。

え？　これって何かのドッキリ？


その後も何人かの新入社員の配属先が発表されたはずだが、まったく覚えていない。

本社や、都内近郊の支店、物流センターに配属の新入社員たちはそのまま上司といなくなってしまった。

支社に配属された5名だけが会議室に残された。

私以外はすべて男子。しかも、ちゃんと上司が迎えに来て、楽しそうに談笑している。私だけがひとりぼっち。

人事部長が口を開く。

「えー、支社に配属された皆さん、おめでとうございます！」

え？　何？　さっそく皮肉？

「新人の時に支社を経験するのは、君たちの将来のためには一番です。ここにいるメンバーは期待されていると思っていいですよ」

建前感、超満載なんですけど。

「しばらく本社に来ることはないでしょうから、今日は本社のいろいろなセクションを回って皆さんを紹介します。あと、皆さんは来週から現地に赴任していただきます」

「現地？」と私は心の中でつぶやく。まるで日本ではないみたいだ。

「土地勘もないでしょうし、住む場所も不安でしょう？　こちらでオススメの物件を紹介しますので、社内まわりが終わったら個別に面談しましょう」

この後のことはよく覚えていない。人事部長に連れられてさまざまな部署に挨拶に行った。その後個別面談をし、私が大阪で住む部屋も薦められるがままに決めてしまった。

大阪支社の最寄り駅まで４駅で、家具はすべて備えつけの民間のマンションらしい。

この期に及んでも、私はいつ「ドッキリでした」と言われるかを期待していた。まだこの事態をきちんと飲み込めてはいなかった。いや正確に言うと飲み込みたくなかった。


駅から家までの帰り道、私は駒沢公園のベンチに座り、コンビニで買ったアイスを舐め、空を見上げてみた。

「もうここからの空は、当分見られないんだ」

私は柄にもなくそんなセンチメンタルなことを考えた。

そんな余裕はその時だけで、それからの数日間、引っ越し準備に奔走した。と言ってもたいした荷物はなかったが。

そして、ゴールデンウィーク明けの月曜日、私は新大阪行きの「のぞみ」に乗った。何の「のぞみ」も持たずに。


軽やかなメロディが鳴り始めると、新幹線の車内の空気が変わった。

気の早い乗客は立ち上がり、網棚の上の荷物を下ろし始める。

そんな中、私はひとり、身動きひとつできないままでいた。

軽やかなメロディは葬送行進曲の前奏のようにしか聞こえない。

メロディが終わり少しの思わせぶりな間があった後、美しい女性の声の自動アナウンスが決定的な死刑宣告を下す。

「まもなく終点、新大阪です」

その後、美しいアナウンスで丁寧に新大阪駅からの乗り換えを案内してくれてはいるが、もちろん私の耳にはまったく入ってこない。

京都を過ぎたあたりから、頭の中でずっと同じ曲が流れている。

「ドナドナドーナ、ドーナー」

5月の晴れた昼下がり、私は子牛のように大阪支社に売られていくのだ。

人生で初めて、本格的に東京を離れ、ひとり暮らしをすることになる。

実は入社して1カ月の研修を終えた今も、会社のことはあんまりよくわかっていない。「出版取次」ってなんだろう?

簡単に言うと、出版社と全国の書店をつなぐ会社と言ったらいいのだろうか。

ほとんどの出版物は「出版取次」という会社を経由して全国の小さい書店から

大きな書店、コンビニなどに運ばれていく。大きな物流センターがあり、書店に合わせた品揃えをするのも「出版取次」の仕事だ。要は、出版社にとっても書店にとってもなくてはならない問屋のような会社らしい。らしいって。


やっとの思いで新大阪の駅に降りた私に、最初の洗礼が待ち受けていた。

エスカレーターに乗っていると後ろから乱暴な男の声が降り注いだ。

「ネェちゃん、そんなとこでボーっと立ってたらみんなの邪魔やで」

その声に、ハッと我にかえる。

私はひとりっ子のせいか、油断をすると夢想して別世界へと行ってしまう癖がある。

見るとエスカレーターの列に私ひとりが、はみ出している。あれ何でだろう。

エスカレーターって右側に並ぶんだったっけ。

「すみません」

私はとりあえず謝り、あわてて右側の列に寄る。

「ネェちゃん、新入社員やろ？　ちゃんと気入れなかあかんでぇ」

阪神タイガースの帽子をかぶった男は、そんな捨てぜりふを残して、エスカレーターを小走りにおりていく。

「やっぱり、大阪コワイ」

心底そう思った。

人生で初めて「ネェちゃん」と呼ばれたこと、なぜかエスカレーターで自分だけが反対側に並んでいたこと、なぜか私が新入社員とわかったこと、知らない人にいきなり説教されたこと。

いろいろな感情がゴチャ混ぜになって、いきなり涙が出そうになった。

もうすぐヒョウ柄のオバチャンが現れ、私を説教し始めるだろう。

私はまるでトラとヒョウがうようよいる檻《おり》に放たれた、一匹のか弱い子鹿だ。

さらにその子鹿は圧倒的に世間知らずときている。大阪のルールも知らなければ、自分が入社する会社のことも、よく知らなかった。

新大阪駅から在来線に乗り換え大阪駅へ。

そこから地図を見ながら歩いて約10分。

看板に堂島《どうじま》という地名をよく見かけるようになった。

一応オフィス街らしいが、大通りから中に入ると、ちょっとゴチャゴチャしている印象もある。

どのビルだろうとキョロキョロと見回しているといきなり「大阪 堂島ビル」というプレートが目に入ってきた。ここだ！

10階建てという中途半端な高さの割には重厚で高級感のあるエントランス。このビルの2階と3階に、大阪大阪支社が入っているのだ。

エレベーターで2階に上がってみたが、受付もなくどこへ行けばいいのかわからない。

廊下で突っ立っていると、いきなりドアが開き、中から小柄な男性がすごい勢いで現れ、あやうくぶつかりそうになった。

「あ、申し訳ありません。何か当社にご用でしょうか？」

男はこれ以上ないような満面の笑みを浮かべて言った。

「あ、いえ、こちらこそ。あの、私、今日から大阪大阪支社営業一課に配属になりました大森理香と」

「え？　何？　うちの新人？　なんや。損したわ」

男は満面の笑みを、さっと取り下げ、体の力を一気に抜き渋い表情で言った。

「そんなとこにボーっと立ってたら邪魔やで」

「はい」

「そもそも、今、何時や？　ファタイムイズイットナウ？」

あわてて時計を見る。

「9時46、いや47分です」

「そんな細かい時間どうでもええねん。新人はんやのに、えらい大名出勤やね」

「だいみょう？」

意味がわからないのでとりあえずその単語を繰り返してみる。

「もうみんなとっくに来てるで」

「人事部の方が初日は10時までに行くようにと」

「ふーん。そしたら、何か。君は人事部が『逆立ちしながら出社しなさい』言うたらここまで逆立ちして出社するんか？」

え？　何？　この人？　小学生の男子みたい。

そんな私の冷たい視線を感じたのか、男は最初会った時と同じように満面の笑みを浮かべて言った。

「冗談やがな。さっさと支社長のところに挨拶してき。お待ちかねや」

男は顎《あご》で廊下の奥の部屋を示す。

「ありがとうございます」

礼をして顔を上げると、男は既に廊下を走り出していた。どうやらトイレに向かっていたらしい。


私は、廊下で出会った偽スマイル男が顎で示してくれた部屋に向かった。

そこは支社長室だった。

大阪支社長は奥山敬一《おくやまけいいち》。大阪の取締役も兼ねる。

それくらいの情報は私でも調べていた。

私のような新入社員からするとかなり偉い雲の上の存在だ。

ちょっと緊張しながら、ドアをノックした。

「はいっ」

かなりイラッとした野太い声が返ってくる。

その声に既にびびりながら、「失礼します」とおそるおそるドアを開き、部屋に入った。

見えたのは、広げられたスポーツ新聞。

「ダメ虎、屈辱の五連敗」という大きな見出しが目に入った。

部屋の主は、大きく立派なデスクの椅子にふんぞり返って座り、スポーツ新聞を読んでいたのだ。

「あのー」

バサッとスポーツ新聞が乱暴に折り畳まれ、奥山支社長の顔が現れた。

わっ！

渋い・黒い・メチャ恐い。

紺のストライプのスーツをびしっと着こなしていてとてもダンディ。黒いのはゴルフ焼けだろうか。その眼光の鋭さはとてもカタギの人間とは思えない。

圧倒的な威圧感。

私は声も出ない。

「誰？」

「今日から大阪大阪支社営業部営業一課に配属されました大森理香と申します」

やっとのことでそれだけ言う。

「あ、そう。そこの電話で内線43番」

「え？　内線ですか？」

「はよ」

よくわからないまま、私は支社長が指さしたデスクの上の電話の受話器を上げ、43番を押した。

1度目の発信音が鳴り終わらないうちに相手の声がした。

「はい。椎名《しいな》でございます。何かご用でしょうか？」

私はとりあえず研修で教えられた電話の挨拶をする。

「あ、はい、お世話になります。えーと」

支社長の方を見る。スポーツ新聞を読んだままだ。

「少々お待ちください。あのー、何と言えば」

支社長は新聞から顔を上げないまま、セリフのように棒読みする。

「新人のお嬢さんがいらっしゃっているのですぐに迎えに来たまえ」

仕方なくそれを復唱する私。

「あのー、新人のお嬢さんがいらっしゃっているのですぐに迎えに来たまえ、と、おっしゃっております」

受話器から「あほか。もう聞こえとるわ」と声が聞こえ、勢いよく切られた。

私がその受話器をどうしたらいいか迷っているうちに、ドアがノックされ「失礼いたします」という声がした。ドアが開きビシッとグレーのスーツを着こなした中肉中背の男が部屋に入ってきた。さっきの内線電話の声だ。確か「椎名」と名乗っていたような。それにしても早い。動作も声も顔の表情もいちいちソツがない。

「こちらですか？　新人のお嬢さんというのは？」

男は皮肉たっぷりにこちらを見ながら奥山支社長に言った。

「そうや。自分で自分のことお嬢さんとか言うねんから勇気あるわな。きょうびの子は」

（あなたが言うから、言ったんでしょうが）と心の中で反論していると、支社長が私の目をじっと見る。やっぱり威圧感がすごい、この人。

「こちらが椎名部長。君の上司や。しっかり教えてもらうように」

奥山支社長はそれだけ言うと、スポーツ新聞に目線を戻した。

「あ、ありがとうございます」と頭を下げる。

「ほな、行こか」

椎名部長の気の抜けたような言葉に、私は本当に大阪に来たことを改めて実感した。


椎名部長について大阪支社の廊下を歩いていく私。

「恐かったやろ？」

「え？」

「奥山支社長」

「いや、そんなことは」

「無理せんでええよ」

「あ、はい。少し」

「顔や雰囲気はちょっと恐いけど、ああ見えて、結構やさしくて、部下思いやから心配せんでええで」

「そうなんですね」

「それから悪かったな」

「え？」

「配属の日に本社に迎えに行けなくて」

「いえ、とんでもないです」

そう答えながらも、大阪に来て初めてやさしい言葉をかけられたことに、私は思わずジーンときた。

この人、結構いい人かもしれない。

と思っていると、椎名はドアを開けみんなが働くオフィスに入っていく。

私もあわてててついていく。

「はい、みんな注目」と椎名は手をたたいた。

フロアの全員が立ち上がり、私を見る。

まるで売られた子牛が市場で値踏みされているようだ。

「えー、今年の新入社員で大阪支社配属となった……ほら、名前」

「あ、大森理香です」

「はい。聞こえない」

「大森理香です!!」

精一杯の声を出した。

「じゃあ、15秒で自己紹介して」

「え？　自己紹介ですか？」

おたおたする私を無視して、椎名は腕時計を見る。

「はい、いい？　よーい、スタート」

「あ、初めまして。大森理香です。生まれは東京の世田谷区です。取次に入りましたが、本のことはあまり詳しくありません。えーと」

「はい15秒経過。ぜんぜんおもろない」

椎名部長は先程とは別人のように突き放した声で言う。

「でも15秒じゃ……」

「テレビのCMは15秒。本のタイトルや帯のコピーも、たいてい15秒で説明できる。それくらいに凝縮してもおもしろいフレーズを用意しとかなあかん。新人やねんから今日、自己紹介させられることは最初からわかってるやろ」

「はい」

わかっているけど、そんなに厳しく言わなくても。

いい人かも、と思ったのは速攻で撤回。

「宿題。書店研修行くまでに気の利いた自己紹介考えといて」

「書店、研修？　いつからですか？」

「今日からに決まってるがな」

「今日から」

「どんなお客さんがどんな本を手に取り、どんなふうに大切なお金を出しているか、ちゃんと見てくるんやで。そんなん生で見られる機会、滅多にないんやから」

私は何と返事していいかわからず黙っていると、

「中川、いるか？」

椎名部長は大声で叫びながらフロアを見回した。

その瞬間、ドアが開き、先程廊下でぶつかりそうになった小柄な男が、ハンカチで手をふきふき戻ってきた。

「はい。中川隆志《なかがわたかし》、ここにいます」

「おう。おったおった。彼が、当分、君のお世話をする中川係長。研修先の書店に連れていってくれるから」

え？　さっきの。偽の満面スマイル男。

「あ、よろしくお願いいたします」

中川は、満面の笑みを浮かべて言った。

「ほな、行こか」

なんとも言えず、脱力してしまうフレーズだ。ほな、行こか。

やっぱりここは大阪だ。


椎名部長は、書店研修を今日からと言ったが、正確には翌日からだった。

その日は、中川係長に連れられて、大阪市内の大販と取引している書店に挨拶まわりをした。そのように大販と取引している書店のことを「大販帳合《ちょうあい》」というらしい。

「帳合」とは、本来は、帳簿の収支を計算することらしいが、出版業界では、書店がどの取次と取引をしているかを指す。全国の書店は、大きく分けると「大阪帳合」と「テーハン帳合」に分かれるらしい（他にも中小の取次帳合の店もある）。

チェーン全体が、どちらかの帳合に決まっている店もあるが、たとえば、大手チェーンの紀尾井屋《きおいや》書店などは、店によって「大阪」と「テーハン」を使い分けていたりするのでややこしい。

その日、私は、チェーン店から街の小さな書店まで、いろいろな場所に連れていかれた。そしてそのたびに、自己紹介をさせられる。

椎名部長が「書店研修行くまでに考えといて」と言った理由がわかった。もちろんそんな急に気の利いた自己紹介ができるわけはなく、毎回しどろもどろなまま終わった。

どの店で自己紹介しても、「東京出身」というだけで「へぇー、東京」と珍しがられた。そのたびに私は「すみません」と恐縮する。だんだんと東京に生まれ育ったことが悪いことのように思えてくる。

中川係長は、どの書店でも「まいど、大阪です」と満面の笑みを浮かべて入っていった。まるでサザエさんに出てくる三河屋のお兄さんのようだ。

確かにこれだけ外で笑顔を続けていると、同じ会社の新人に対しては、その笑顔をさっさと引き上げたい気持ちもわからなくはない。

その日の夕方、私は、明日から研修でお世話になる、文越堂《ぶんえつどう》書店堂島店に連れていかれた。

文越堂書店は全国チェーンのひとつだが、この店はビジネス街の商業ビルの2階にあり、大阪大阪支社からも歩いて3分ほどの中型店だ。

中川係長は、得意の満面の笑みを浮かべて、棚を整理していた女性店員に柳原店長の所在を聞き、バックヤードだと知ると勝手知ったる他人の家という感じで、ドアを開けて入っていった。私も遅れないようについていく。

「まいど大阪です。あ、柳原店長、お世話になります」

今日、いろいろな書店で見せた満面の笑みをさらに20%増量した笑顔だ。

柳原店長は、身長180センチ以上もありそうで大柄だ。小柄な中川係長と並ぶとコントラストが激しい。

「店長、この子が明日から研修でお世話になる新人の大森です」

「大森理香です。東京生まれの東京育ちでゴメンナサイ。よろしくお願いいたします」

と、頭を下げる。今日、何度目かもう覚えていないくらいだ。

「なんで東京生まれの東京育ちで謝るの？」

頭を上げると、柳原店長がニコニコと笑っていた。

「いや、何となく」

「僕も東京生まれの東京育ちだよ」

思わず「え？　そうなんですか？」と大声で叫びそうになったが、すんでのところでこらえた。

「書店経験はあるの？」

「いえ」

「じゃあ、接客経験は？」

「ありません」

「じゃあ、バイトは何してたの？」

「家庭教師を少しだけ」

「へぇ。優秀なんだね」

「いえいえ、とんでもないです。親戚の子ですし、成績もそんなに上がらずで」

異常に恐縮する私に、店長も黙ってしまう。

微妙な間が流れたのを中川係長がすかさずフォローを入れてくれる。

「店長、見ての通りの子なんで、いろいろ手間かけると思いますが、すみません、よろしくお願いします」

「大阪さんの大事な新人だから、大切に扱わなきゃね」

「いえいえ、店長、他の文越堂さんの社員さんと同じにビシビシ鍛えてやってください」

「よろしくお願いいたします」

私はバカみたいにまた頭を下げた。

なんとか初日の就業時間を終えた私は、会社から歩いて10分の場所にあるビジネスホテルに向かった。部屋に布団などが届く次の休日まで1週間は、ここに寝泊まりすることになっている。

大阪までの移動と初日の緊張でふらふらだった。

とにかく横になりたかった。

コンビニでお弁当とアイスを買ってチェックインする。

部屋に入った瞬間、衝撃を受けた。思っていたより圧倒的に狭かったからだ。

お風呂もトイレと一緒になったユニットバス。小柄な私でさえ、伸び伸びと足を伸ばして入れそうにない。考えてみたら、今までビジネスホテルに泊まったことがなかったことに気づいた。

加えてショックだったのは、その部屋の冷蔵庫に冷凍庫がなかったことだ。

アイスは食後のお楽しみにと思っていたけど、先に食べないと溶けてしまう。

部屋の狭さにも冷凍庫がないことにもいちいち泣けてきた。

翌朝から文越堂書店堂島店での研修がスタートした。

朝、8時半集合。

まずは大阪から送られてきたダンボール箱を開けるところから始まる。ダンボール箱には、大阪のロゴが入っている。八王子流通センターで散々見たダンボール箱だ。はるばる八王子からやってきたと思うと感慨深い。

指導してくれるのは、バイト歴10年という安西雅美さんだ。

「私たちもダンボール箱を開けるまでどんな本が入っているかわからんのよ。店に合わせて大阪さんから送られてくるんよ」

なんだか、うちの会社が書店に押し売りしているみたいだ。

研修で習ったがこれはパターン配本といって、書店の規模や売れ筋によって冊数が決められて送られるシステムだ。もちろん、これだけ欲しいと書店が指定して配本されてくる場合もある。ただし、売れ筋の商品等は書店の希望通りの数が入らないことも多いという。

「あー、5冊しか入ってないやん！」

雅美さんが声をあげる。

手には、『さくら色、何色』という小説があった。

作家は聞いたことのない女性だった。

「先週テレビで女優の新開真衣がこの本を愛読書と話したんよ。そしたら、お客様からの問い合わせが止まれへんねん」

「そんなに影響を受けるんですか！」

「当たり前やん。テレビのことみんな見いひん言うけど、まだまだ影響力は強いねん。あと新聞や電車の広告にも左右されるし」

「そうなんですね」

「大阪に20冊って頼んだのに5冊やて。こんなんすぐなくなってまうわ。本はぎょうさん送ってくるのに、ほんまに欲しい本はなかなか送ってくれへんのよねえ、大阪は。あ、ゴメン。大森さん、大阪の社員さんやったね」

「いえいえ、いつもご迷惑かけてます」

「まあ、それはさておき、並べるの手伝ってもらおうかな。本は難しいから、今日発売分の雑誌をやってもらうわ。じゃあ、こっち来て」

まず私がバックヤードで作業することになったのは、女性誌の付録を本誌に合体させる作業。雅美さんからやり方を教えてもらう。雑誌の本体に付録を挟み込んで、紐で縛るという作業だ。

え？　付録の挟み込みって書店員がやるんだ。知らなかった。てっきり、出版社で合体されて送られてくるものだと思っていた。

10冊合体させるだけで、かなり大変な作業なんですけど。

それが終わると、いよいよ店頭に並べる作業だ。

雑誌コーナーの平台から古い号の雑誌を取り出し、新しい号の雑誌を並べる。

雅美さんにやり方を教えてもらって張り切って始める。

よし、これくらいだったら私にもできると調子に乗って作業をしていたら、少し場所を離れていた雅美さんがあわてて駆け寄ってきた。

「ちょっと大森さん、これ積みすぎ！　崩れるで」

どうやら高く積みすぎたらしい。

「すみません！」

開店前だというのに作業がいっぱい。

他にも店内・外の掃除、レジの設定までやることはたくさんある。

みんな黙々と働いている。

書店ってこんなに重労働だったんだと改めて実感する。

やがて、10時になり、開店。

お客さんがぽつりぽつりとやってくる。

「いらっしゃいませ」とお出迎えしながら作業は続ける。

その後、雅美さんの指示で、バックヤードへ入って返品作業を手伝うことになった。

「返品」という単語を聞くだけで、入間返品センターを思い出し憂鬱な気分になってしまう。

そしてそれは予感通り、あまり気持ちのいい作業ではなかった。

それぞれの棚の担当者がピックアップしてきた返品用の書籍のバーコードを機械を使い読み取っていくという作業だ。この作業で読み取られたデータは、大阪のシステムに届き返金の処理などに使われる。

書店にとっては、本の返品は重要な作業だ。それによって、仕入れる時に支払っていたお金が戻ってくるからだ。それと同時にせつない作業でもあるらしい。本来ならば売り切りたかった商品をこうやって返すのだから。

バーコードを読み取った書籍は、入ってきた時と同様に大阪のロゴが書かれたダンボール箱に入れていく。入荷してくる時は、本もダンボール箱も新品だったが、こうやって返品されていく本は、なんだかちょっと薄汚れた感じになってしまっている。ダンボール箱も同様に少しくたびれている。

これが、私たちが研修で体験した入間返品センターへと送られ、その後出版社の倉庫に向かい、運がよければ再生してもう一度、書店でチャンスを与えられる。運が悪ければ裁断され、トイレットペーパーか何かに生まれ変わるのだろう。それもまた人生なんだろうけど、やっぱりちょっとせつない気持ちになる。


12時になっても昼休みは取れない。

オフィス街にあるこの店は、昼休みは書き入れどきだ。

次から次へとお客さんがやってくる。もちろん、雅美さんはじめ、書店員は全員大忙しだ。世の中の会社の昼休みが終わってからようやく、交代で昼休みになる。

もちろんゆっくり外でランチを食べている時間はない。雅美さんと一緒にコンビニで買ったサンドイッチをバックヤードでジュースで流し込むのがやっとだ。

「大森さんって、何で大阪に入ったん?」

雅美さんは私に質問する。

どう答えるのが正解なんだろう。

入社する前も、入社してからも何度も何度も投げかけられた質問だが、私はまだ答えを見つけることができずにいた。

「今、その答え探しをしている最中なんです」

私はできるだけ正直に答えた。

「ふーん、そうなんや」

「安西さんにとって大阪はどんなイメージの会社ですか？」

今度は私から雅美さんに質問してみた。

「そやね。私からしたら『大阪＝ダンボール』というイメージなんやよね。大阪って書かれたダンボール箱に入れられて本が送られてきて、そして売れ残りはまたそのダンボール箱に入れて返すみたいな」

確かに午前中の作業だけでも、大阪のダンボール箱ばかりが目についた。バックヤードのあちらこちらに、ところ狭しと大阪のダンボール箱が積まれている。

私がダンボール箱をじっと見ていると、雅美さんは、言いすぎたと思ったのか必死でフォローし始めた。

「ゴメンゴメン。きっとええ会社やと思うよ。何よりも大企業やし。それに、少なくともうちに来る大阪の人で悪い人はいてへんし」

私は曖昧《あいまい》にうなずき、話題を変えるために再び質問した。

「安西さんは、どうして書店員の仕事を選ばれたのですか？」

「私が書店で働いているのは、ただ本が好きなだけかな。私はバイトやけど、文芸書の棚まかせてもろてるしな。棚作るのは楽しいよ」

雅美さんはそう言うと、ちょっと照れくさそうに微笑《ほほえ》んだ。

やりたいことが明確にある彼女に比べ、今の私には何もない。それが一番こたえた。

夕方、中川係長の「まいど大阪です」の声が聞こえた。

たった1日なのに、ちょっと懐かしい気持ちになった。しかし係長は、私には声をかけず、柳原店長としばらく話すと帰ってしまった。


研修2日目の翌日は、レジを体験させてもらうことになった。

「実習生」という名札を胸につけて、雅美さんと一緒にレジに立つ。

私はお金のやりとりはせず、お客さんから商品を預かり、バーコードを読み込み、書籍の場合はブックカバーをつけるかを聞くという役割だ。

客として書店へ行っていた時は、この一連の作業が、簡単なように見えていた。しかしいざ自分がやってみると、とても緊張する作業だということに気づく。

何しろブックカバーをつける一挙手一投足をお客さんはじっと見つめているのだ。ゆっくりしていると「もっと早く」という無言のプレッシャーを感じる。いつしか私は「ブックカバーいらないと言ってくれ」と思うようになっていた。

しかし予想は裏切られ、ブックカバーを希望するお客さんは多い。

「大森さんって書店にあまり行かない人?」

お客さんが途切れたタイミングで、雅美さんから質問された。

「わかりますか?」

「うん、わかる。ブックカバーの希望を聞くタイミングがね」

どうやら、声がけのタイミングだけ見ても書店に行き慣れた人とは違うらしい。今度の休みには、いろいろな書店を回ってみようと思った。

「まあ、だんだん慣れてくるから」

雅美さんはそう励ましてくれた。

確かに、午後になると作業自体には慣れてきた。

テキパキとカバーをつけられるようになってきた。

しかし調子に乗ってきた私に、トラップが待ち受けていた。

「お待たせいたしました、いらっしゃいませ。カバーはおつけいたしますか？」

お客さんに話しかける。

あれ、返事がない。

顔を上げる。なんとそこには椎名部長の顔があった。

ヤバい。ちゃんと顔を見ず、流れ作業のように聞いてしまった。

「カバーお願いします」

「あ、はい」

あわててカバーをかけようとするが、焦ってうまくいかない。

やっとのことで、カバーをかけた本を渡す。

「ちゃんとお客さんの顔を見ることも仕事やからな」

椎名部長はひとり言のようにボソッとつぶやくと、静かに店を出ていった。

「お待たせいたしました、いらっしゃいませ」

次のお客さんの対応をしながら考えていた。

わざわざ、私のこと見に来てくれたんだ。

それなのにやってしまった。

研修に出る前、椎名部長が私に言った言葉がよみがえる。

「どんなお客さんがどんな本を手に取り、どんなふうに大切なお金を出しているか、ちゃんと見てくるんやで。そんなん生で見られる機会、滅多にないんやからな」

それ以降の時間帯、私はできるだけお客さんの顔を見て、カバーが必要かどうかを聞くようになった。心なしか、答えが予想と合う確率が上がったような気がする。


こうして2日間の文越堂書店での研修が終わった。

書店がとても大変なことがわかったと同時に、もっと知りたいと思った。

何も知らない、何もできない自分が情けなく思えてきたからだ。

夜7時すぎに、「まいど、大阪です」という声とともに中川係長がやってきた。

文越堂書店の皆さんにお礼を言うためだ。

中川係長は、まずは柳原店長に頭を下げた。

「いろいろご迷惑かけたと思います。ほんとにありがとうございます」

私もあわてて「ありがとうございました」と頭を下げる。

「2日間、しんどかったやろうけど、頑張ったね。ご苦労さんでした」

柳原店長が労《ねぎら》ってくれた。

「いえ、とんでもないです。何の役にも立たず……」

相変わらず異常に恐縮する私に慣れたのか、店長も敢えて否定も肯定もせず、

「まぁ、明日からは取引先としてよろしくね」

と言ってくれた。

「こちらこそ、精一杯頑張りますのでよろしくお願いします」

私はひたすら頭を下げる。

続いて雅美さんのところに行ってお礼を言う。

「2日間ありがとうございます。本当に勉強になりました」

「大阪さんの悪口言うてしもたけど、やっぱり頼りにしてるからこれからもよろしくね」

雅美さんが笑顔で返すと、中川係長が口をはさむ。

「え、うちの会社の悪口言うてたんですか？」

「そうよ。あれだけ頼んだ『さくら色、何色』5冊しか入れてくれへんてね」

「今、あの本、なかなか手に入らなくて」

「でも梅田の紀尾井屋書店さんには50冊くらい積まれてたって聞いたけど」

「いや、それはその」

「それは何？」

「ですから」

「あーあ、『大阪はええ会社や』って言うたけど取り消さなアカンな」

雅美さんが冗談っぽく言いながらも、真剣であることがわかる表情で言う。

「ちょっと頑張ってみます」

中川係長は苦しそうな表情で言う。

「え、ほんと。うれしい」

雅美さんはぱっと明るい表情になり、私の方を向いて言った。

「大森さん、いい上司持ってよかったね。じゃあまたね」

雅美さんが去っていくと、中川係長は大きなため息をついた。

文越堂書店から出ると私は質問した。

「あの本、仕入れるのそんなに大変なんですか？」

「まあな。せやけど、今回は俺のミスやな」

「そうなんですか？」

「もちろん各書店ごとの配本数は俺が決めるわけやない。書店の規模や過去の実績をもとに、冊数が決められてんねん。そやけど、別ルートはあるんや」

「別ルート？」

「君はまだ覚えんでええけど、出版社の営業とパイプを持っておくとか、八王子物流センターの担当者への根回しをするとか、無理を聞いてもらうみたいな。そういうのも俺らの仕事やねんけど、今回は、安西さんそこまで本気やと思てなかったからやってなかったんや。そやけど、この2日さんざんお世話になったたし、なんとかせなあかんな」

さんざんお世話に、って私のことだよね。

「悪い、今日はメシでも奢《おご》ったろかと思ったけど、ダメモトで、これから講英館《こうえいかん》に行って来るわ」

「講英館って」

「版元や。あの本の出版社ってことな」

「え？　これからですか？」

「幸い大阪支社がこの近くにあんねん」

時計はもう8時を回っていた。

「大森さんは明日からが本当の仕事やからな、早よ帰り」

中川係長はそう言うと、片手を挙げて、駅とは別の方向に向かっていった。

営業って大変……。

私がお世話になったことで、負担をかけているのが申し訳ない。

八王子物流センターか。

同期の高坂君が配属された場所だ。

ひょっとしたら頼めないかな。

私はスマホを取り出し高坂君にメッセージを送った。

「高坂君。頑張っていますか？　私は書店研修を何とか終えて、明日からは本格的な営業が始まります。ところで講英館から出ている『さくら色、何色』って本、知ってますか？　私が研修でお世話になった『文越堂書店堂島店』の担当者が欲しがってて私の上司も頑張っているんだけどなかなか大変みたいで」

ホテルに向かっている途中に、コンビニで夕飯とアイスを買っていると、高坂君から返信が来た。

「大森さん。ありがとう。頑張っている様子、何よりです。僕もようやく生活のリズムが慣れてきたかな。でも一日ほぼ立ち仕事は想像以上に疲れます。配本の件だけど、何冊かだったら都合つけられるかも。あの本売れているよね」

やった！

ひょっとしたら私、役に立つことができるかも。

部屋まで我慢しようと思っていた、棒アイスの袋を開けて食べながら歩く。

今日のアイスは格別においしく感じる。

翌日から私は、大販大阪支社の営業部員として働き始めることになった。

といっても、中川係長について回るだけだけど。

私たちは、朝一番で、文越堂書店堂島店に向かうことになった。

バックヤードで、雅美さんを待っている間に私は質問した。

「昨夜の成果はどうだったんですか？」

すると中川係長は誇らしげに鞄から『さくら色、何色』を3冊取り出した。

「すごい」

「日頃のつきあいが物を言うんや」

「へぇー」

その瞬間、メッセージの着信音。

高坂君からだ。

「商談中は切っとくんやで」

という中川係長の注意に「はい」と答えつつメッセージ見る。

「『さくら色、何色』5冊なら配本手配できそうです」

お、やった！

中川係長に報告しようと思った瞬間、雅美さんがやってきた。

「ありがとう。手に入れてくれた？」

「いやあ、苦労しましたよ」

中川係長は恩きせがましく3冊の本を差し出す。

「3冊か、もうちょっと何とかならへんのん？」

「今はこれが限界ですわ。重版出来《しゅったい》したらまわしますから」

「その時やったら、もう遅いんよ」

2人の会話に思い切って割って入った。

「あのー」

2人が私の方を見る。

「私、5冊だったら手配できるかもしれません」

一瞬の間。

中川係長の険《けわ》しい表情を雅美さんの声が吹きとばした。

「ほんま。それはうれしいわ！」

「お世話になりましたから」

「ほんまお世話したもんね。ほんまにお願いしてもええのん」

「はい」

雅美さんはとても喜んでくれているのでついつい元気よく返事した。

「中川さん、ええ部下持ったね」

雅美さんは軽口をたたきながら出ていった。


「どういうことや？」

店を出ると、中川係長が恐い顔で言った。

「いや、あの同期が八王子物流センターにいて。昨夜何とかならないかと頼んだら、5冊なら手配できるって返信が来たんです。ちょうど係長に言おうと思った時に雅美さんが入ってきて」

「そうか。そういうことか」

中川係長の顔は険しいままだ。

「担当者への根回しとかおっしゃってたんで」

「そやから、それはまだ君は覚えんでええ言うたのに。まあもうしゃあないわな。とりあえず会社に戻ろうか」

会社に戻るまで、中川係長はずっと恐い顔のままだった。

喜んでもらおうとしてやったことなのに、私、なんかやっちゃった?

会社に戻ると、椎名部長に呼ばれた。

まるで私たちを待ち構えていたように。

「八王子物流センターからクレームが来てな。センターの新人君がある本を上司に内緒で配本しようしたらしいんやけど、それが大阪支社からの無理な注文やったらしくてな」

あ、それ高坂君のことだ。

「すみません。それ俺の責任ですわ」

私が言い訳する前に、中川係長が口を開いた。

「俺が手に入らん本を手に入れるためには別ルートもある、みたいなこと言うてしもたんですわ」

「そうか。大森さん、ちょっと会議室に来てくれるか」

私は椎名部長の後ろについて会議室に入った。

椅子に座ると、私の口から言い訳が出た。

「少しでも皆さんに認めてもらいたくて、何か私にできることはないかなって……」

「で、できることを考えたら同期へ頼むことだったんや?」

「……はい」

「それはとても楽な方法やな」

「楽……ですか?」

「自分の足、何も使てへん。それに頼まれた相手の立場も考えてない。もし、今回のことがバレなかったとしても、物流センターのその同期の男の子に、上司の目をごまかしてまでやるメリットが何かあるか?」

そんなことまで考えていなかった。

ただ同期だからって、気軽に頼んでしまった。

きっと高坂君は無理してくれたんだ。

「ちょっと考えてみ。中川でも俺でも大阪支社の誰でもええ、長いこと大阪に勤めてきて、八王子物流センターに知り合いがいない人間がいてると思うか?」

確かにその通りだ。

みんな知り合いがいるに決まっている。

そんなみんなが気軽にうちの担当書店に配本してくれって頼んだらどうなる？

収拾がつかなくなるのは火を見るより明らかだ。

そんな当たり前のことにも気づかないなんて。

バカだ。バカすぎる。大森理香、ここまでバカだったなんて。

いくらこの前まで学生だったからって、社会人になりたての新米だからって、バカにも程がある。情けないにも程がある。

その瞬間、心の奥から何かが込み上げてきた。

声に出しちゃダメと思った時、それは勝手に溢《あふ》れてしまった。

「そもそも、私は何で大阪支社なんですか？　何で営業なんですか。どうして大阪に入ったかを書店の人にも言えない自分が、何でここにいるんですか？　私より向いている人間いっぱいいたはずです。何で私が大阪で、何で私が営業で、何でこの場所にいるのかがわからないです。教えてください」

心にずっと溜まっていたものを一気に吐き出したら、涙がとめどなく溢れ出てしまった。

ダムが決壊したように。

もう止まらなかった。

しばらくすると椎名部長は静かに部屋を出ていった。

数分後、どうにか泣き止んだ頃、中川係長が顔を見せた。

「ほな、行こか」

と気が抜けたような声で言う。

「行くって、どこへ行くんですか？」

「椎名部長から、大森さんを小林書店に連れていくように言われたんや」

「小林書店？」

「会えばわかる」

「会えば……」

こうして私は、ついに小林書店と出会うことになったのだ。

そして私は、仕事で一番大切なことも、人生で一番大切なこともすべて、小林書店の小林由美子さんから学ぶことになる。

その日のお昼前、私と中川係長は、大阪駅からＪＲ神戸線に乗っていた。

小林書店は尼崎市にあり、立花という駅が最寄り駅らしい。

尼崎と聞いても、ダウンタウンの故郷ということしか知らない。どちらにしても大阪よりもさらに恐いイメージだ。いったいどんな恐い店主が現れるのか。きっと、なよなよした私に活を入れるために、最強に恐い店主がいる書店に連行されていくのだ。

中川係長は、何も話そうとしない。きっと「泣けばすむと思いやがって、これだから女って面倒臭いんだよな」なんて思っているんだろうな。

大阪駅からわずか10分ほどで、電車は立花駅に着く。

何の特徴もなさそうな駅だ。

駅の北口から伸びるアーケード付きの商店街を歩いていく。少し昭和を感じる昔ながらの下町の商店街といった感じ。予想していたような恐い場所ではなさそうだ。

数分歩いただろうか、アーケードを抜けた。人通りも急に少なくなる。

「ここ」

立ち止まった中川係長が指をさしたところは、確かに青いテントに「小林書店」と書いてある。かなり小さな店で、ここ数日、連れていってもらったチェーン店とは大違いの外観だった。

「ちょっとここで待ってて」

私を表で待たせて、中川係長は店に入っていく。

お得意の「まいど大販です」という声は聞こえない。

「あー、中川さん、来てくれたん。元気？」

女性の声だ。恐そうなオジサンではなさそうなので少し安心。

「はい、おかげさまで。由美子さん、今日、ちょっとうちの新人連れてきたんですけど、挨拶させてもらってええですか？」

「もちろんいいよ」

由美子さんと呼ばれた女性が答える。声はやさしそうだ。でもまだまだ油断できない。きっとヒョウ柄かトラ柄のセーターでも着ている尼崎のオバチャンが、獲物を狙っているに違いない。

「大森さん、入って」

中川係長の声に、私はあわてて店に入った。

店の中にいたのは、声のイメージそのままの予想外に上品な女性だった。私の母親よりは年上ということはわかる。50代後半か60代前半くらいだろうか。

「はじめましてお世話になります。大阪大阪支社営業部の大森理香です。東京生まれの東京育ちです。すみません」

「何で謝るの。けったいな子やな」

「ごめんなさい」

「また謝ってる」

由美子さんはニコニコしながら私の前へ来て、私の両方の手を握り、「理香さん、ようこそ、小林書店へ」と、にっこり笑った。

私は手を握られたまま、何故かわからないけれど、胸がいっぱいになって、ただ、黙ってうなずいた。

中川係長は、そんな様子を見ていたが、

「すみません、由美子さん、僕、ちょっと用事を済ませてくるので1時間くらいコイツにつきあってもらってもいいですか?」

「え?」となる私に、

「1時間でも2時間でも」と由美子さんは涼しい顔で言う。

そんな長い時間、私、何をすればいいの?

「ほな、よろしくお願いします」

「はい、まかしといて」

中川係長は店を出ていく。

何、この「あ、うん」な感じ……。

「あの、私、何を手伝ったらいいですか?」

「何もせんでええよ。お客さんもいてへんし」

そう言われてあらためて店内を見回してみる。

狭い。文越堂書店堂島店とは大違い。10坪もなさそうだ。

店全体が見渡せる。そうか。中央の棚が低いんだ。

ほとんどの本が表紙を向けて飾られている。

多くの本には紹介文が載っている。

書店で本につける紹介コピーは普通ＰＯＰと呼ばれるが、この店のそれは、うまく表現できないけど、何か違う気がする。

店の中央に傘がたくさん置かれている。置かれているというよりバーにかけられている。書店なのになんでだろう？

しかも大きく「あの傘あります」というキャッチコピーが書かれている。

（あの傘って、どの傘？）と思ったら声をかけられた。

「書店やのに、傘売ってんねん。おもしろいやろ？」

由美子さんは、私の心の中を見透かしたように言う。

「もともとはね、本屋を続けるために始めたんよ」

「そうなんですか？」

「何でうちの店が傘を売り始めたか知りたい？」

「はい、知りたいです」と即答した。

「長くなるけど大丈夫？」

「大丈夫です。たぶん」

「じゃあ、喉かわくからちょっとお茶持ってくるわ。理香さんはそこに座って」

私は勧められるまま、椅子に座った。

そして、由美子さんの長い話が始まった。

エピソード①　なぜ本屋が傘を売り始めたのか？

1995年1月17日。阪神・淡路大震災の時のこと。
尼崎もかなり大きな被害が出た。
そりゃ、神戸・西宮・淡路島とかに比べたら
被害は小さかったから、
テレビではほとんど報道されなかったけど、
それはすごいすごい揺れやった。
ほんま恐かった。
この近くのアパートも全壊して、
亡くなった人もいるくらい。
この店も本は全部棚から落ちるし、
ガラスが全部割れて、北側の壁も落ちて半壊。
私たちこの店の上に住んでいるのよ。

壁がないから雨が降ったら、そのまま部屋に降り注ぐ。
雨降るたびに、家の2階の部分がベチャベチャになって、
えらいことや。
何とかその壁だけでも直してもらわないと生活できない。
せやけど工務店から来た見積り見て、心臓止まりそうになったわ。
いくらやったと思う?
……800万や。
はいそうですかって、簡単に払える額ではないやろ?
銀行にも店の運転資金で借り入れをしてるし、
もうこれ以上は借りられへん。
そやけど何とかするしかない。
とにかく貯金全部はきだし、
保険から何から解約できるものはすべて解約して、
何とか借金はせずに家は修理したんよ。

でも、その時に痛感した。
これはもうあとがない。まさに崖っぷちやって。
そうでなくても、商店街の人通りも以前ほどやない。
私らみたいな小さな本屋は、
大型書店におされてどんどんお客さんが来えへんようになっていた。
それに加えて、地震や。
何とかせんと、もう店を畳むしかなくなる。
この店は、うちの父親と母親から引き継いだ店やから
私の代で潰してしもたら、申し訳ない。
何より私は本のことが大好きや。
こんな小さい本屋やけど、
「どうしても小林書店で買いたい」
言うて来てくれるお客さんもいてくれる。
そんな人がいるうちは絶対に潰しとない。
とはいっても、

本の利益だけではやっていかれへん。
本屋を続けていくためには、
何か新しい商売のタネを考えなあかん。
どないしたらええやろってずっと考えてたのよ。

そんな時、ある雑誌の記事に目が留まった。
今でも忘れられへんわ。
『プレジデント』っていう雑誌。
傘を作っている会社の社長インタビューが載ってた。
シューズセレクションという会社の林秀信って人。
若い頃は治療院とか飲食店とか手広くやってたらしいけど、
40歳の時、自分には傘しかないと思って、
他の店、全部売り払って傘の専門メーカーになりはった人なのよ。
最初は主に海外の高級ブランドのライセンス品を委託されて作ってた。
何社もから注文があり儲《もう》かってはいたけど、

ずっとオリジナルの傘で勝負したいという野望を持ってはった。
自分らが１５００円とかで納めた傘を、
有名ブランドは１万円で売ってたりするのを見てたからや。
そんな高い傘、ひとりの人が一生に何本買う？
林社長は、自分が作った傘を
日本中の人に持ってもらいたいと思ってはったんや。
いっぱいいっぱい考えはったんやろな。
ずっと国内で生産してたけど、
思い切って工場を中国に移転することを決断した。
高品質でみんながびっくりするような値段の傘を作るためや。
当時の折り畳み傘の平均は３０００円くらい。
それより品質のいい傘を
タクシーのワンメーターより安い５００円で売ると決めてはった。
そのために資材や生産ラインを徹底的に見直した。
そうやってやっとの思いで完成したのが

このウォーターフロント「スーパーバリュー500」なんや。

ほんまにええ傘やねん。

まあ、そういう記事やったわけ。

その記事を読んだ瞬間、私は、「これや!」とビビビビッてきてん。

林社長の考え方にも感動したし、
そんなええ傘、私の店で売ったら、
メチャメチャ売れるやん、と思ったんよ。

そう思ったら、すぐに行動や。

すぐに電話番号調べてその会社に電話した。

「もしもし。おたくの傘、うちの店で扱いたんいんですけど?」

「傘屋さんですか?」

「違います」

「雑貨屋さん?」

「違います」

「そしたら何屋さんですか?」

「本屋です」

そしたら、向こうの担当者が一瞬絶句してから、

「本屋さんで傘を扱っていただいた例はないんですけど」

と言うんよ。

すかさず私は、

「日本で最初に、おたくの傘を扱う本屋になります」

って返したんや。

こっちが必死で粘ったから、仕方ないなと思ったんやろな、
2日後、東京からシューズセレクションの営業マンがやってきた。

その人、今は偉くなって貫禄出てるけど、
当時はかなり若いまだ男の子って感じの営業マンに見えた。

夕方の6時くらいやったかな。

彼に、私は、自分の熱い気持ちをバーっとぶつけたわけ。

どうしてもおたくの会社の傘を売りたいって。

気がついたら夜の8時や。

2時間もたってしまってた。

するとそれまで黙って私の話を聞いていた彼が口を開いた。

「奥さんの気持ちはよくわかりました」

よし、熱意が通じたかと思ったら、冷静な口調でこう続けはったんや。

「ですがちょっと無理だと思います」

え？　なんでそんなこと言うのん？

「僕もう2時間店にいますけど、お客さん来たのたった3人です」

確かにその通りや。

痛いところをつかれてしもた。

その時間帯やったらお客さんゼロのこともあるから、
3人でもよく来た方かなと思ったんやけど。

彼は続けてこう言った。

「失礼ながらこれだけ少ないお客さんでは傘は売れない。

傘は本と違って返品制度がありません。

買取なんです。

普段、委託販売に慣れている書店さんにはむずかしいと思います。
当社は売ってしまえばそれでいいかもですが、
小林書店さんにはリスクが高すぎます。
やめた方がいいです」
はっきり言われて、ちょっとカチンとはきたけど、
その判断は客観的に見たら正しいし、仕方ない。
ただ私は、そう言われて
この傘を仕入れて売りたい思いがさらに高まってしもてん。
理由は、まずこの営業の男の子にも会社にも、
かなり好感を持ったということ。
だって、東京から交通費かけて来てるんやから、
何も売らないで帰ったら赤字もええとこやん。
そやのに「売らない」と言う。
正直な子やし、会社がそういう教育しているということや。
ますますシューズセレクションという会社が気に入った。

それにこの営業の男の子は知らんやろけど、
私はだてにこの土地で長年本屋をやってきたわけやない。
こんな辺鄙《へんぴ》な場所にあるちっぽけな書店やけど、
出版社から表彰を受けるくらい本を売ったことも何べんもある。
よし傘くらい売ってやろうやないかと、
負けず嫌いに火がついてん。
代金は先払いするから、絶対に迷惑はかけへんから
とにかく一度試させてほしいということで粘った。
「わかりました。そこまで言っていただけて光栄です。
ただうちの商品はただ置いて勝手に売れるのではなく、
この傘のどこがいいのかということを
お客さんにきちんと説明して売ってほしいんです。
　小林さんにそれができますか?」
誰にそんなこと言うんてねん、って感じや。
まあ、これは口には出さなかったけどね。

うちの店で黙って売れていく本なんて一冊もない。

「私は商品見せて、きちんと説明して売るのが大好きです」

と言い切った。

それを聞いて、
ようやく最小限の数だけ卸してくれることになった。

こうして小林書店に250本の傘がやってきた。
考えたらその時は5月の初め。
一年でも一番雨が降らん時や。
それでも売らなあかん。
とにもかくにもこの傘を売り切って、
きちんと仕入れができるようにしないと後がない。
まずは店に来てくれる人に薦めてみた。
いつも週刊誌買いに来てくれるお客さんに
「傘を売ることにしたんですけど、これがメチャいい傘ですよ」

と、傘を広げて説明することにした。
そしてたらお客さんは
「ええ傘やなあ。1本もらうわ。いくら?」
と聞いてくれはった。
そこで「500円」って言うたら。
「それはえらい安いなあ」
とえらい喜んでくれた。
こうやって常連のお客さんに薦めてみたら、
次から次へと売れていく。
そやけど、店に来る人が少ないから、
それだけでは大した本数にならへん。
よし、こうなったら、表に出ていこうと腹をくくった。
配達用の台車に本と傘を積んで
ゴロゴロと大きな音をたてて商店街を歩くことにしてん。
どの店の人も、みんな知り合いやし、

音にひかれて寄ってきて尋ねてくれる。

「どうしたん？　傘なんかのせて」

「今度、傘売ることにしたんよ。

現物見たいという人がいるから運んでるんや」

ほんまは誰も見たいなんて人いてないんやけどな。

「へぇー傘？」

と興味を示してくれたらこっちのもんや。

パッと取り出して広げてみせて詳しく説明するのよ。

「この傘、骨が16本もあって、こんなに丈夫やのに、いくらやと思う？」

「2000円くらい？」

「それがたったの500円」

「それは安いな」

「こっちは男物で、これが子ども用で」

「そしたら、家族合わせて3本もらうわ。いいの？」

「いいよいいいよ。なくなったらまた取りに帰るし」

みたいな感じでドンドン売れていく。
こうやって1週間、
商店街を台車をひいてゴロゴロゴロゴロして、
とうとう250本の傘を売り切ってん。

さっそく、シューズセレクションの営業マンに連絡した。

「仕入れた傘、全部売れたよ」

「本当ですか?」

それは驚いてたなあ。

そうやって、また傘を仕入れるようになっていったのよ。

でも、すぐに問題が起きた。

商店街の人たちにひと通り行き渡ったら、
パタッと売れなくなってしもた。

なんでやと思う?

そやかて売ってたんが「丈夫でなかなか壊れへん傘」やんか?

丈夫で壊れへんから一度買ったらもう買ってくれないのよ。

同じもん2本も3本もいらんし。

って、もう落語のオチみたいやろ？

ちょうど梅雨開けも重なって、日傘しか売れなくなってしもた。

これはあかん、どうにかせんと。

そしたら、ある日、うちに来たお客さんがすごい焼けててん。

「海でも行ってきはったん？」

と聞いたら、

「いやあ、フリーマーケットで古着売ってて焼けたんよ」

と言う。

フリーマーケット？

またビビビッときた。

興味津々で次から次へと質問した。

「商売人でも参加できるのん？」

「半分くらいはプロの人やで」

それで連絡先を聞いてすぐに電話した。
当時、JR尼崎駅の駅前に大きな更地があったんよ。
もともと、キリンビールの工場があった場所で、
今は大きなショッピングセンターになってるけどな。
そこで西日本一大きなフリーマーケットが開催されていたんや。
とにかく一度やってみよ、ということで申し込んだ。
当日、クルマに傘積んで、
おとうさんに会場まで送ってもらって。
あ、おとうさんってうちの主人のことな。
両隣を見ながら、見よう見まねで店を作って。
で、主人は、この本屋があるから、
セッティングだけして帰っていったんや。
最初は、誰もお客さん来てくれへん。
傘やと思ったら、それだけですーっと避けられるねん。
何しろよく晴れてるし、傘なんていらんやん。

これはじっと座ってるだけだと売れへんな、
とすぐにわかった。
動きがいると思い、
傘を開いたりすぼめたりしながら
「傘です、見ていってください」
と声を出すようにした。
すると、効果てきめん。
ぱっとこっちを見るお客さんが出てきた。
目が合ったらこっちのもの。
どんなにええ傘かを説明して
値段を言ったらすぐ買っていってくれる。
おもしろいもので、人が立ち止まってると、
何やろ？　って他のお客さんもどんどん寄ってくる。
次から次へとおもしろいほど売れる。
ただ2時間くらいそうやっていたら、ある問題が起こった。

そうトイレや。
他の店はだいたい2～3人で来てはる。
ひとりでやっているのは私くらい。
なんでこんな狭いスペースやのに、
と不思議に思ってたけど理由がわかった。
またトイレの場所が遠いねん。
でも我慢の限界になったんで、隣の人に店番頼むことにした。
すると、オッケーしてくれて、こう言うねん。
「もしお客さん来たら、売っといたるわ。
16本の骨があってこんなに丈夫なのに500円やろ。
あんたの商品の説明、朝からずーと聞いてたから、
もうすっかり覚えてしもたわ」
トイレから戻ってくると、ほんとに4本売ってくれてた。
こうやって朝10時から夕方4時まで、
休みなしに傘を売り続けた。

で、いくら売れたと思う？
２００本。10万円分。
すごいやろ？
そやけど私は複雑な気持ちやった。
なぜかって？
商売は場所やってことを思い知らされたから。
これまで私は、商売は立地だけやない、
と信じて長年やってきてん。
立地なんか、やる気とかやり方で
カバーできると頑固に思ってきた。
そやから小林書店みたいな、
店の前、誰も歩いてないような場所でもやれてきたんや。
しかし悔しいけど、
やっぱりお客がいっぱい通っている場所で売ったら、
こんなに売れるんや、ということがわかってしもたんよ。

そやけど小林書店を移転するわけにはいかない。
ただ店で待ってても限界がある。
よし、こっちから人のいる場所に行って、
この傘を売っていこうと決意した。
書店を続けて、本を売り続けるためにな。
日曜日はこうやって、
私が人の集まる場所に行って傘を売ることにした。
いろいろな場所のフリーマーケットに行った。
尼崎だけやない。神戸も大阪も京都までも行った。
どこでもよう売れたけど、
数カ月たって重要なことに気づいた。
何やと思う?
それはフリーマーケットは基本、雨天中止ということや。
当たり前といえば、当たり前やねんけどな。

初めて中止になった時はすごいショックやった。
こんなに仕入れてしまってるのにどうするのこの傘は？
みたいな感じで。
本来、雨の日に一番売れるはずの傘が、
雨やから売られへんってものすごい皮肉で笑えるやろ？
でも笑ってる場合と違う、真剣な悩みやった。

そんなとき、
神戸の東灘区青木にある
サンシャインワーフというモールから声がかかってん。
もともとフェリー乗り場やったところに建てられたモールで、
当時はまだできたばかりやった。
そこで月に一度フリーマーケットが開催されていて、
私も何度か参加したことがあった。
で、うちの店がすごい売れてることを

サンシャインの事務局の人が見てたんや。
「傘屋さん、あんたの店、
いつも人がぎょうさん来てるなあ。
それでちょっと話があるんやけど」
って言うわけよ。
私のことまさか「本屋さん」やと思ってないから、
そこでは完全に「傘屋さん」やねん。
「建物と建物の通路の場所、
あそこ屋根があるから臨時の店舗に貸してるのよ。
フリーマーケットの場所より賃料はちょっと高いけど、
雨でもできるし広いし、
毎週出店してくれへんかな?
傘屋さんが入ってくれたらうちも集客につながるし」
たまたまテナントに
同じような傘を扱ってる店がなかったことも幸いして、

誘ってくれはってん。
ありがたい話や。
何より雨でも中止にならへんからなあ。
それにいろいろな場所に行くのはやっぱり疲れるし。
それからは特別なイベントで他の場所に行く以外は、
サンシャインワーフの決まった場所で傘を売ることにしてん。
そやけど、黙って座ってて売れるほど甘くはないで。
傘屋は地味やし、
道行く人も傘とわかった瞬間そのまま通り過ぎていく。
フリーマーケットみたいにお祭り気分で来てる人とは違うし。
それを変えるには、
とにかく何かを目に留めてもらうことや。
私は「言葉の力」に頼ることにした。
まずのぼりを掲げた。
そこに書いたのがここにもある言葉。

「話題のあの傘あります」や。
こんなふうに「話題の」と書かれてあったら、
「そうか、この傘、話題なんや」と思うやろ？
まあ、話題にしてるの私だけやねんけどな。
それに「あの傘」と言われたら、「どの傘？」と思うやん。
お客さんが「話題のあの傘って何？」
と聞いてきてくれたらこっちのもんや。
私が説明したら、たいていは買ってくれる。
あと、私は、心をこめてこの文章を書いた。
「傘は愛情です。
あなたが冷たい雨に濡れないように、
あなたが暑い日差しに疲れないように。
考えて考えて作られたこの一本。
傘は愛情だとつくづく思います」
ええ文章やろ？

自分で言うなって？
でも、ほんとにそう思うんよ。
その言葉を見て、興味を示してくれる人もいはる。
本屋を続けるために始めた傘の販売やけど、
気づいたらもう13年や。
本のことも大好きやけど、
傘のことも大好きになってしもた。
私は本屋を続けるために傘を売り始めたけど、
決して片手間にやってるなんて思ったことないで。
だいたい傘のメーカーは片手間で売ってほしいなんて、
誰も思ってないやろ？
一生懸命に作った傘やし社員の生活がかかってんねや。
そう考えたらこっちも命懸けで売らなあかん。
命懸けで作り手の思いを伝えていく必要がある。
だから傘を売ってる時は、うちは傘屋や。

今、雑貨やいろんな商品を売ったらどうかって、
取次がいろんな書店に提案してはる。
ま、よそさんのことを言う立場やないけど、
それほんまに「ええ商品やな」と思って売ろうとしてるんか、
と考えてしまうわけよ。
本屋が苦しいから、
何でもええからちょっと売れて儲けの足しになればいい、
みたいな気持ちで売るとしたら
ものすごい失礼やろ。
ちょっと話がそれてしもたな。
とにかくそうやって
いつも同じ場所で商売してると顔なじみの人が増えてくる。
今ではリピーターの人が7割くらいかな。
ここでのおもしろい話もいろいろあるんやけど、
またいつか話したげるわ。

由美子さんの話は、耳に心地よく、まるで落語を聴いているようだった。

その一方で、由美子さんがいかに真剣に仕事に向き合っているのかもよくわかった。

それに比べて私はどうだろう?

特に仕事に情熱も持てず、本もさほど好きでもないし、会社への愛もない。

「うちの話、あんまりおもしろなかった?」

私が難しそうな顔をしているのを気にして、由美子さんが心配そうに言う。

「そうじゃなくて、私、由美子さんみたいに仕事に情熱を持てなくて」

「そんなん当たり前やん。まだ仕事やり始めたばっかりやろ」

「確かにそうなんですけど」

「仕事も人と同じや。ちょっとずつ好きになったらええねん。それとも理香さんは、すぐに一目惚れするタイプ?」

「そんなことはありません」

私はあわてて否定した。

「そしたらゆっくりでええやん。うちの傘かてそう。最初は本屋を続けるために売り始めたけど、今では本と同じくらい好きや。愛している。そんなもんや」

「確かに。でも私なんかにできますかね」

「なんで、私なんか？」

「え？」

「いや、どうして『私なんか』って言うんかなって思って」

「どうしてでしょう？」

「私から見たら、理香さんはうらやましいとこだらけや。そやのに何で『私なんか』言うの？」

「ゴメンナサイ」

「謝ることやないやん」

「何か申し訳ない気分になって」

「理香さんはまず、もっと相手のことを知ることから始めてみたらどう？」

「相手のことを知るですか？」

「そう。好きになるためには、まず相手のことを知る必要がある。傘を売る時かってそうや。まず売っている傘のことを知ってないと売られへん。たとえばこの傘は、生地がフッ素樹脂加工でとか、柄がステンレスじゃなくてカーボンやとか、そういうことを全部説明して、だからいい傘なんですよって大事にしてくださいねって説明して、初めて売れていく。そうしているうちに傘のことがどんどん好きになっていくもんや」

「なるほど」

「まずは、仕事のことでも会社のことでもまわりの人のことでも、ひとつずつでもええから、ええところを探して好きになってみ。そしたら自然ともっと知りたくなってくるもんや。何でもええやん。せっかく縁あって大阪に入ってんから、仕事のことも会社のこともまわりの人のことも、好きにならんともったいない」

確かにその通りだ。

泣いても笑っても、一日の多くの時間を会社で仕事をして過ごすわけだ。いやいや仕事をしていたら、人生の大半をいやいや過ごすことになる。

私は一日にひとつだけでも、会社やまわりの人たちの「ええところ」を探すことに決めた。

小林書店を出ると、体中に元気がみなぎっている気がした。

なんだろう、この感じ。エネルギーがチャージされたみたい。

会社に入って初めて味わうような気がする。

時刻はもう1時半を過ぎていた。

そういやお昼も食べてなかったなあ。

すると、前から中川係長がゆっくり歩いてくるのが見えた。

「おう、ちょうどぴったりやったな」

「はい」

「ほな、お昼行こか?」

「はい」

私は、元気よく返事した。

きっと中川係長は、私のためにお昼ごはんを食べずに待っててくれていたんだ。

そして、さも偶然仕事が終わって戻ってきたように迎えに来てくれた。しかも小林書店でのことは何も聞かない。

結構、いいヤツじゃん、中川。

さっそく、一日ひとつの「ええところ」探しをクリアできた。

不思議なことに、仕事の、会社の、まわりの人たちの「ええところ」探しを日課にすると、急に景色が変わった。

私は恵まれている。そう思うようになったのだ。

考えてみたら何も知らない私に、大の大人たちが何人もよってたかっていろいろなことを教えてくれている。自分の時間を犠牲にして。本来ならば、授業料を払うべきところをお給料までもらえているのだ。

そう考えると、大阪がとてもいい会社のように思えてきた。ちょっと昭和で体育会的なところも残っているが、文越堂書店の雅美さんが言ってたように悪い人はいない。

大阪も慣れてくると、そんな恐い場所ではない。

何よりご飯は、東京より安くておいしい。

初めてのひとり暮らしは、思った以上に楽しかった。

準備してもらった部屋は、最初に泊まっていたビジネスホテルよりは広く快適だった。

梅田から4駅という近さも魅力。駅前はちょっとごちゃごちゃしてるけど、その分、店はいろいろあるから便利だ。コンビニも何軒かあって、アイスの食べ比べもできる。少し歩けば公園もある。

仕事の、会社の、まわりの人たちのことをもっと知りたくなった。

何より、本を扱う会社に入ったのに、本のことを知らなさすぎるのは問題だ。私は、まず早く出社して、新聞を読むようになった。本の広告を見るためにだ。毎日、新聞に載っている書籍広告を見るだけで、どんな本が今売れているのかなんとなくわかると聞いたからだ。

一般紙だけでなく、『文化通信』や『新文化』という業界紙にも目を通すようにした。書いてあることはわからないことの方が多かったが、それは中川係長に質問する。そうこうしているうちに、少しずつだけど、業界が抱える問題点もわかってきた。

そして電車の移動時間は読書にあてようと思った。

何より今まで読んできた量が少なすぎる。書店員の方と話す時にこれは致命傷だ。小林書店にもう一度出向き、「今まで本をほとんど読んでこなかった私」がどんな本を読めばいいかオススメの本を教えてもらった。

由美子さんが薦めてくれたのは、『百年文庫』というシリーズだった。

『百年文庫』とは、一冊ごとに漢字一文字でテーマを決め、日本と海外を分け隔てることなく短編3篇を集めたアンソロジー。何と全100巻あるとのこと。短編だから電車に乗っている時、1篇ずつ読めるからという理由で薦めてくれたのだ。

ちょっと初心者にはハードルが高いような気もしたけど、頑張って読んでみることにした。1巻読むたびに、小林書店に買いに行けることをモチベーションにして。

ちなみに第1巻のテーマは「憧」。収録されているのは、太宰治『女生徒』、ラディゲ『ドニイズ』、久坂葉子『幾度目かの最期』の3篇。

恥ずかしながら、その時の私は太宰治でさえ一冊も読んだことがなかった。もちろん、ラディゲや久坂葉子の名前など知るよしもない。

3人のプロフィールを見るだけでドン引きした。

ラディゲは20歳で病死。久坂葉子は21歳で自殺。2人とも私より若くに死んでいる。太宰治が死んだのは38歳だけど、やっぱり20歳の時に自殺未遂しているし。なんでこの3人が「憧」なの？

読んでみると太宰治の『女生徒』にはまった。

書き手はオッサンのはずなのに何で女子の気持ちがこんなにわかるのか。

引き込まれて思わず電車を乗り過ごしそうになった。

ラディゲはなんじゃこれって感じだったが、久坂葉子は驚いた。

これを自分より年下の女の子が書いたなんて。

こうして私は、22歳にして初めてブンガクに触れるようになっていった。

もちろん読むスピードは亀のように遅く、電車に乗る時間も短いので、短編をひとつ読むのに平気で数日かかったりするのだが。

2週間後、私の担当書店が決まった。

メインは、研修でお邪魔した「文越堂書店堂島店」だった。

お店に挨拶に行くと、柳原店長が笑って出迎えてくれた。

「大森さん、うちの担当になるんじゃないかなと思ってたよ」

「え、ホントですか、うれしいです」

「いや、担当になる気がしたと言っただけで、こっちはうれしいとは言ってないけどね」

さっそく、素早いツッコミが来た。柳原店長、東京生まれの東京育ちだけど、大阪が長いだけのことはある。

2週間前の私ならば、何も言い返せなかったかもしれない。

でもこの間に少しは成長した。

こうやってツッコミを入れてくれるということは、大阪では一種の愛情表現であることを知ったのだ。

本当に「嫌だ」と思ってたら、わざわざツッコミを入れたりしない。

「えー、店長には喜んでもらえると思ったのに」

私はちょっと拗《す》ねたように言ってみた。

こういう「プレイ」もビジネスには必要な潤滑油《じゅんかつゆ》だと理解できるようになってきた。

ま、私がやっても気持ち悪がられるかもしれないと思いながらも。

柳原店長はさすがに大人で、すぐに、

「冗談冗談。メチャうれしいよ」

と返してくれ、無事ツッコミとそれへのお返しプレイは成立した。

そこへ、アルバイトの雅美さんもやってきた。

「あ、大森さん。まさかうちの店の担当になったとかちゃうやろね？」

「すみません。なってしまいました」

「えー、マジか」

雅美さんは、ちょっと大げさに頭をかかえて上を向いた。

これも大阪流の愛情表現だ。たぶん。

「頼りないと思いますが、仲良くしてください！」

私は大きく頭を下げた。

雅美さんは笑って、握手を求めてきた。

「しゃあないな。なってしもたもんは。これから仲良くしような」

私は両手を出して雅美さんの手を握りしめた。

文越堂書店堂島店以外にも約30店舗の書店の担当になった。

ほとんどが小規模な町の書店で、その中に小林書店の名前もあった。

私は、小林書店を訪れることを楽しみに頑張って仕事をしようと思った。


それから1週間、私は中川係長と一緒に担当書店の挨拶まわりを続けた。

そこで改めてわかったのは、町の小さな書店の厳しさだった。それぞれの店は頑張ってはいるんだけど、どこも売上は厳しい。

どこの店も小林書店よりは立地がよく規模も大きかった。

小林書店も厳しいことは容易に想像ができた。

それにもかかわらず、由美子さんのあの明るさとバイタリティはどこからきているんだろう。そもそもなぜ書店を継ごうと思ったんだろう。

由美子さんに聞きたいことはいっぱいあった。

1週間後、私はようやく小林書店を訪れることができた。

エピソード② なぜ本屋を継いだのか？

最初から本屋になりたかったわけやないよ。
それどころか、商売なんて絶対に継がへんつもりやった。
そんな私がなんでこの店を継いだかって？
またちょっと長くなるけど、覚悟してね。
私が生まれたのは昭和24年。
まだ戦後もええとこやった。
小さい頃は、このあたりの商店街、傷痍《しょうい》軍人がいっぱい歩いてたくらい。
傷痍軍人言うても知らんかな？
戦争で怪我して、足やら手やら不自由になった元・兵隊さんのこと。
それにしてもあの頃は、
みんなよう働いてはったなあ。
商店街の店は、どこも朝6時くらいから開店、夜12時くらいまで開けてるのが当たり前やった。
人も朝から晩までぎょうさん歩いてたしなあ。
大人はみんな黙々と働いていた。
みんな口に出しては言わないけど、
もう二度と戦争を起こしてはいけない、
少しでも早く生活をよくしないといけない。
みんなそう思って黙々と働いていたんとちゃうかな。
うちの店も同じ。 6時開店12時閉店。
今やったら、
夜12時まで開いてる本屋ってツタヤくらいやろ?
両親も本屋始めたばっかりやったから気張ってたんやろね。
うちの父は、 11人のきょうだいの5番目で三男やってん。
小学校を卒業と同時に実家を出て、
尼崎の金物屋に住み込みの丁稚《でっち》として働いてた時に、
召集令状が来て戦争にも行った。

終戦後、親戚の勧めで母と結婚することになった。
何でも初めて顔を合わせたんが結婚式の当日やったらしい。
いつの時代や、って感じやろ?
当時、両親は家も仕事もなかった。
それで将来のことを考えたら
子どもにとって「本屋」という環境がええんちゃうか、
ということになった。
たまたま遠い親戚が本屋をやっていて、
両親はそこで仕事を覚えて独立したんや。
そやけど、本を仕入れるのも大変やったらしい。
今みたいに取次さんが配達してくるわけやない。
大阪まで電車で行って、
本仕入れて持って帰ってこないといけない。
大きな風呂敷を両肩にぶらさげて本を運ぶねん。
とにかく本やから、メチャクチャ重たい。

そやから、一度下ろしてしもたら、
自力では立ち上がられへん。
いつもまわりの人に助けてもらったって、
小さい頃、よう父から聞かされた。

そやから私が小さい頃は、
起きたらもう店開いてるし、
寝る時もまだ開いてるし、
日曜日も祝日も、夏休みも冬休みも春休みもなく、
ずっと店開いてた。
お正月くらいは閉めたらええのに、と思うんやけど、
うちの店は元日から営業や。
当時は、お年玉もらった子どもたちが、
真っ先に本屋に駆け込んできてたんや。
その子らのためにうちの家は正月も関係なかった。

運動会の時も、
お昼休みに母親がお弁当だけ持ってきて
一緒に食べたら競技を見ることもなく帰っていく。
授業参観もほんまにちょっとだけ顔出すだけで、
あ、来てると思って喜んで
次に後ろ見たらもうおれへんみたいな感じやった。
今から考えたら、
ほんまに忙しい中、
ちょっと顔出すだけでも大変やったと思うよ。
そやけど、当時は子どもやからそんなんわかれへんやん。
とにかく本屋のそんなこんながむちゃくちゃ嫌やった。
もちろん親が一生懸命働いていることはわかってるんやけど
子ども心に商売が嫌いで嫌いで仕方なかったなあ。
当然やけど、家族で旅行に行くなんて夢のまた夢や。
両親は私らを不憫《ふびん》に思ってたんちゃうかなぁ。

夏休みには私と妹だけ親戚の家に預けて
田舎暮らしを体験させてくれたんやけど。
これが子どもにとってほんとに気が重たかった。
京都の日本海側の宮津ってとこ。
天橋立の近く。
1学期の終業式の日に母親が私と妹を大阪駅まで送っていき、
夏休みの宿題と一緒に、汽車に乗せるんや。
まだその頃は、ほんまに汽車が走っててんで。
何時間かかったかなあ。
その間、妹と2人でずっと乗ってなあかんねん。
ほんと心細かったわあ。
でもお姉ちゃんやから、心細いことも出せないのよ。
駅に迎えに来てくれたおじさんを見ると、
本当にほっとしたのを覚えてる。
でも、そこからが大変やねん。

約1カ月の田舎暮らしが始まるわけ。
いうても、私ら都会の子やから、
田舎暮らしになじむことができないのよ。
一番辛かったのは食事。
畑で採れた野菜とかが中心で、
私はまだ我慢して食べられたけど、妹がぜんぜん食べられへんのよ。
そしたら向こうのおばあちゃんが、
「いらんもんは食べんでええ！」
って本気で怒って、
代わりのものがほんまに何も出てこないの。
今から思ったら、
よう世話してくれたなあって心から思うんやけど、
当時はホームシックで早く帰りたくて帰りたくて仕方なかった。
そやけどいくら淋しい思いをしても、
母が迎えに来るのは8月15日って決まっててんねん。

お盆のお墓まいりもかねて、私たちを迎えに来て、
そのまま日帰りで帰るねん。
尼崎に帰れると思ったらほんとにうれしかったわ。
そういや、私、小学3年生とか4年生の時にいじめられてたのよ。
発端は右頬の傷。
3歳の頃、田舎の縁側から落ちて9針も縫った痕があってな。
今の時代だったら
痕が残らないような治療もあったんやろうけどな。
当時はそんなものはなかった。
子どもは無邪気に身体的なことを言っていじめてくるんよね。
悲しかったけど、
仕事で忙しくしている親には言えんしな。
学校も行きたくなかったけど、
それを言ったらあかんと子ども心にわかっていた。
そやから、家に帰ったら、

外にも遊びに行かずに毎日、家の中で泣いとった。
家にあったカミソリでこの傷を切って取ったら、
なくなるのかもしれない…
そんなバカなことを考えたりもしてな。
そうやって暮らしていた暗黒の4年生の途中、
石川県からやってきた男の先生が担任になったんよ。
その先生が、私が作文好きだったところに目をつけてくれて、
作文を毎日のようにみんなに書かせたんよね。
私はそれが楽しくてなぁ。
書いて書いて書きまくったんよ。
それを先生が、
ガリ版で刷ってくれて文集を作ってくれてな。
先生が上手な子の作文を読んでくれるんやけど、
私の作文は3回に1回は絶対読まれるんよ。
それがすごく励みになったのよ。

そうなると、いつの間にか、
いじめられていたことなんてたいしたことないなぁって、
思えるようになってきた。
そもそも傷の痕は自分ではどうにもできないし。
そんな身体的な特徴のことで人をいじめるのは最低や。
いじめる子の方が悪いって気づいたんや。
そもそもそんなくだらないことで
ぐちゃぐちゃ考えていた自分にも
アホらしいと思えるようになっていた。
冷静になったんやな。
たぶん、母はわかっていたと思う。
いくら隠そうが、私がいじめられていたことを。
母も私と同じように心を痛めていたんやろうなぁ。
今ならわかる。自分も母親になった今なら……な。
きっと、母が先生に何か言うてくれてんやろな。

おかげで書くことの楽しさを実感できた。
それに書くために本もすごく読むようになったしな。
初めて本屋の子でよかったって思った時かもしれんなあ。
そんなこんなで、中学生になったら、
自分の頬に傷があることすらも忘れとったわ。
とはいえ、その頃はまだ本屋を継ぐ気はまったくなかった。
ほんとは高校の国語の先生になりたかったんよ。
そのためには大学に行かなあかん。
そやけど、父親が反対した。
私に「小林」という姓を継いでもらいたかったんや。
そのためにはお婿さんに養子に来てもらわなあかん。
今では考えられないけど、
当時は4年制の大学出た女のところへなんか、
養子なんか来てくれるわけないと思われてたの。
父もそういう考えの人やった。

私も父に反抗してまで大学に行きたい、
国語教師になりたいとは言わへんかった。
やっぱりずっと両親が休みもせずに働いている姿見てるから、
そんなワガママよう言わんかった。
父は「短大やったらええ」言うてくれたんやけど、
それやったらもう早く働いた方がええと思って、
高校出たら就職した。
就職先は大手の硝子《ガラス》メーカーやった。
実はそこでおとうさん、あ、こっちは主人のことな、
と知り合って、つきあって、結婚することになった。
社内結婚やな。
しかも、父の希望通り、
戸籍上は小林家に入ってくれることになって。
私は念願叶って、商売人じゃなくサラリーマンの妻になったんや。
メデタシメデタシのはずやってんけど。

結婚後、私たちは社宅に住んでたんやけど、
それが尼崎市にあったのよ。
つまり結婚してようやく家出たけど、
実家のすぐ近くやったわけ。
当時は社内結婚したら、
女性が退職するという暗黙の決まりがあって、
私は何の仕事もしてへんかったから昼間暇やん。
することないし、実家の小林書店を手伝うようになってん。
それが運のつきやったんやね。
なんや、結構、本屋っておもろいんやな……って気づいてしもてん。
その時はまだ遊び半分みたいな気分やったから、
余計楽しかったのかもしれん。
その後、私は娘を授かってんけど、
生まれてからも赤ん坊をつれて、
店を手伝いに行ってた。

娘が1歳の時、
私の妹が結婚して実家を出ることになった。
部屋がひとつ空いたんや。
そしたら同居の話が持ち上がって、
主人もええよって言うてくれて
小林書店の上に住むことになった。
ますます本屋という商売に魅力を感じて、
のめり込んでいった。
そして6年の歳月が流れた。
その間に私は息子を生んだ。
長女はもう7歳。
そんな時、大きな転機がやってきたんや。
そう、うちの主人が会社から転勤を命じられた。
行き先は茨城県の鹿嶋《かしま》。
鹿島神宮があるところや。

行ったら10年は帰れないという。
さあどうする?
一緒に行くか、単身赴任してもらうか?
今やったらそうは思えへんけど、
茨城県っていうたらすごいすごい遠くに思ってな。
今の時代と違って
単身赴任になったら、
主人はお盆とお正月くらいしか尼崎に戻ってこられへん。
ひとりで娘たちを育てられない。
「そんなん、絶対、私、嫌や」
私は、母親になっても「あかんたれ」のままやった。
じゃあ、私も娘たちも一緒に茨城までついていくしかない。
両親はまた、前のように、細々商売するのだろう……。
まだまだ若いけど、大変やろうな……。
なまじ商売を手伝ったばかりに、

店のこと、両親のことが心配で仕方なくなってしまった。

私はひとりで悩んでいたんよね。

すると、主人が私に言ったんよ。

「会社辞めようと思う」

「え⁉　何で？」

「考えたら、僕には、道が2つあることに気がついたんや。だったら、ここで商売をしたらええかなって」

「え、でも、あんた、会社好きやん、辞めてええの？」

「そりゃあ、好きやけどなぁ……」

ほら、やっぱり、無理してるわぁ、この人。

「でも、家族一緒に暮らした方が、
自分が人生の最後に、きっと後悔しないと思う」

「そやけど、こんな小さな店、大した儲けにもならんよ」

「雨露しのげて、家族が何とか食べられたらええやんか」

その一言で私の気持ちが固まってん……。

「僕は、商売はしたことがないから、
　君が前に出て商売せなあかん、できるか？」
その言葉で今度は私の体が固まった……。
「え？　私が？」
「そうや。これからは女性の時代や。その覚悟はあるか？」
しばらく考えてから私は静かにうなずいた。
主人はその時働き盛りの34歳。
安定した職を手放し、無縁だった商売の世界に飛び込もうという。
そして、何より、自分の大好きな仕事を辞めてまで家族を思ってくれている。
私は覚悟を決めることで彼の気持ちに応えようと思った。
いや、応えなければバチが当たると思ってん。
こうして私は小林書店を継ぐことになってん。

またも長い小林さんの話がようやく途切れた。

私は思ったままの言葉を口にした。

「ご主人の言葉、素敵ですね」

「そうやろ？　ほんま素敵やねん」

由美子さんは照れるどころか、ストレートにのろける。

「あの人のあの言葉がなかったら、私は絶対本屋始めてなかったわ」

「今はザ・本屋さんみたいな由美子さんにもそんな歴史があったんですね」

「そりゃ誰でも歴史はあるでしょ。理香さんだって」

「えー、私なんて何もないですよ。薄っぺらで」

「理香さん、ひとつだけ忠告してもええ？」

「何でしょう？」

「自分を卑下するような言葉を使ってたら、ほんとに薄っぺらくなるよ」

「はい。でも私なんて」

「ほら、また『私なんて』」

「ゴメンナサイ」

「謝ることやないけど。何で理香さんはそうやって自分を低くするん？　もっと自信持っててええやん」

「由美子さんに言われて考えたんです」

「え？」

「何ですぐ『私なんて』って言うのかって」

「答えは出たん？」

「私、ただ、自分を守りたいんだと思います」

「守りたい？」

「相手にがっかりされたくないんです。だから最初から自己評価を低く言って、予防線張っているというか……ズルいですよね」

「ズルいとは思わないけど、私から見たらな、立派にいい大学出て、大きな会社入って、それだけだって十分すごいことやで」

「そうですかね」

「そうよ」

由美子さんと話していると、こんな私でも生きていていい気がしてくる。

いつの間にか小林書店は私のオアシスになっていた。

大阪に来てもうすぐ4カ月。熱い夏も終わり、ようやく少しはいろいろなものに慣れてきた。

街にもひとり暮らしにも会社にもそこにいる社員にも。

『百年文庫』はようやく5巻の「音」になっていた。

ラインナップは、幸田文『台所のおと』、川口松太郎『深川の鈴』、高浜虚子『斑鳩物語』の3篇。確かにどれも「音」が重要なモチーフになっている。『台所のおと』という短編は、料理屋を営む主人公が病気で寝たきりになり、台所から聞こえる妻がたてる音によってその心理を聞き分けるという作品。よくこんなこと考えつくよなとも思う。

音というと大阪の「音」にも少し慣れてきた。

もちろん個人差はあるが、大阪の人たちの声はそうじて大きい。そのボリュームにやっとなじんできたのだ。

もちろん関西弁は話せないが、リスニングはかなり上達してきた。いや関西弁じゃない。関西では関西弁と言うと嫌な顔をされる。

大阪弁、京都弁、神戸弁はあるが「関西弁」という言葉はないらしい。さらに細かく言うと泉州弁、河内弁、播州弁、滋賀弁、奈良弁、和歌山弁とかもあるとのこと。もちろん私にはその区別はつかずみんな関西弁だ。

一度中川係長が、大阪弁、京都弁、神戸弁の見分け方を講義してくれたことがある。

「ええか？ 標準語で誘う時に『来ない？』と言うやろ。あれを『けえへん？』と言うのが大阪。京都は『きいひん？』で、神戸は『こおへん？』や」

いやいや難しすぎるって。

「大阪弁では『何々しはる』というのは敬語やねん。そやけど京都は、身内や物にもつける。『お母さんが何々しはる』とか、『電車が走ってはる』とか。あと質問する時に語尾に『しとん？』とついたらまず神戸やな」

その区別を知って何の役に立つかは不明だが、関西人にとっては重要なことらしい。

あ、関西人と言うのもこちらでは嫌がられる。大阪と京都、大阪と神戸はそれぞれ心の中では一緒にしてほしくないと思っているので、一括りにしてはいけないのだ。

そして人口約45万人の尼崎市は、兵庫県で4番目に人口が多い市であるにもかかわらず、神戸ではなく大阪に組み入れられることが多い。言葉もそうだし、いろいろな区分においても。

たとえば電話番号の市外局番も尼崎市は大阪市と同じ「06」だ。他の兵庫県の市は神戸の078を筆頭に、ほとんどが07から始まる。大阪市以外の大阪府の市もほとんどが07始まり。なのに他県の市である尼崎市だけがなぜ大阪市と同じなんだろう？

さらに言うと、我が大阪も、大阪支社、京都支社、神戸支社があるが尼崎にある書店は大阪支社の管轄である。もちろん小林書店もそうだ。

一度その疑問を中川係長にぶつけてみると。

「なんでやろな。まあそういうもんなんや」

という答えが返ってきただけだった。

以前の私なら「そういうものか」で終わらせていたと思うけど、自分で調べてみることにした。すると、尼崎の市外局番が「06」なのにはちゃんとストーリーがあった。

明治時代から工業都市として栄えた尼崎は、本社や取引先があった大阪に電話連絡することが多かった。戦前は、市外電話はなかなかつながらなかったりと不便で、しかもかなり割高だったとか。そこで戦後になって、「市内全域を一括で大阪局の管轄区域に編入させよう」という声が地元で高まり、それを受けて尼崎市や商工会議所が日本電信電話公社（現NTT）へ陳情。2億円の債権を引き受けるという条件で、1954年に編入が実現。その8年後の1962年に全国的に市外局番が整備され、尼崎を含む大阪局は「06」になったのだ。

尼崎の書店が大阪支社の管轄なのも、おそらくこの電話番号が影響しているのだろう。もちろん、地理的に神戸よりも大阪に近いことも大きい。

出版業界のこともさらに勉強するようになった。

電車では出版社の広告を眺めるようになった。

朝は早めに会社に行って、販売データをチェックして、今売れている本を確認する。

本が紹介されるテレビ番組は録画しておいて後で見るようにした。どんな本が話題になっているかの情報を入手して、書店に伝えるためだ。

担当する書店は約30店舗あるが、売上的に圧倒的に大きいのは「文越堂書店堂島店」だ。当然通う回数も多くなる。

ある日、店を訪ねると柳原店長から「大森さん、ちょっといい？」とバックヤードに呼ばれた。

「うちの店ならではの特別なフェアをやりたいんだよね」

「特別なフェア、ですか？」

「出版社からの持ち込みフェアみたいなのはよくやるんだけど、なかなか売上につながらないし。ここらで今までにないようなフェアをしたいんだよね」

「なるほど」

「ほら若い人の感性でちょっと考えてみてよ」

「わかりました。ちょっとお時間をいただけますか？」

「もちろん。大森さんの企画、楽しみにしてるよ」

「はい、楽しみにしててください」

そう言ってバックヤードを出たものの、既に心にずっしり重い荷物を背負わされたような気分になった。昔から、ちょっとした企画を考えるのが苦手なのだ。

フェアフェアフェア。

私はどこの書店へ行っても「文越堂書店堂島店」のフェアのことを考えるようになっていた。

ビジネス書の棚で「企画」「アイデア」というタイトルがついているような本を片っ端から読んだが、もともとアイデアを考えるのが得意な人が考えた方法で私にはハードルが高い気がした。

「私が奢りますから、おいしいお好み焼き屋さんに連れていってください」

「何？　どういう魂胆？　何かの悪巧み？　熱でもあるんか？　まさか会社辞めるつもりやないやろな？」

私のランチの誘いに、中川係長は必要以上に驚いてみせたが、会社から歩いて10分くらいの場所にある古い小さな店構えの店に連れていってくれた。

かろうじて、「お好み焼き」の文字が読み取れる、かすれた看板。

中に入ると、とても繁盛していた。

店内は甘いソースの匂いと煙が充満している。

「人気なんですね」

「ここのを食ったら、他の店のじゃ物足りなくなるで」

ようやく、席に座ることができ、中川係長がメニューを決めてくれた。

鉄板に慣れた手つきで焼いてくれ、

「ほら、食ってみろ、どうや？」

「待ってください、私、猫舌で……」

はふはふしながら、ようやく一口を口に入れると、確かに今まで食べたことがない食感と味が広がった。

「うまいやろ？」

「はい！　おいしいです」

「あれやな、なんつうか、関東の人間は喜びが上品やな」

「うまい!!」

私は小さな店の全員が振り返るくらいの大きな声を出した。

「声でかい。うるさいねん」

中川係長は、今度は恥ずかしそうに下を向いてしまった。

「確かに、ここのを食べたら、他のお好み焼きは物足りないかもしれません」

「そやろ。ある意味不幸なことかもしれんな」

中川係長もおいしそうに食べている。

この人、よく見たら子どもみたいな顔してる。

そっか、すごく年上って感じていたけど、そこまで歳も離れてないのか。

「考えたら私、せっかく大阪で生活しているのにおいしいお好み焼きの店もぜんぜん知らなかったんですよ。会社と書店と家の往復だけで、休みの日は掃除や洗濯などの家事で一日が潰れてしまうし。中川係長も休みの日は家事で終わりませんか？」

「まあな。そんな日もあるな」

「そんな日もって！　平日に洗濯や掃除できないでしょ？」

「ま、奥さんがやってるけどな」

「!!」

「なんや？」

「えー!!　結婚されているんですね！　びっくり、知らなかった！」

「そんな驚くことか？」

「すみません、勝手に独身だと……」

「なんかひっかかるなぁ……まぁええわ」

私はあわてて話題を変えようと、文越堂書店堂島店のフェアのことを相談した。

「なるほど、その相談をお好み焼きで買収したってわけか」

「いろいろな書店のフェアを見てみたんですけど、どうもピンとこなくて」

「柳原店長が本当に求めてるのは、普通のフェアやなくて、世の中でどーんと話題になるようなものやろ」

「世の中で話題になるもの？」

「そう、たとえば、紀伊國屋《きのくにや》書店新宿本店の『ほんのまくらフェア』とか、さわや書店フェザン店の『帯1グランプリ』とか」

どちらのフェアも私は知らなかった。

中川係長が説明してくれた内容を要約すると、以下のようになる。

「ほんのまくらフェア」は、本の中身を隠したカバーに「書き出し＝まくら」の一文を載せてそれを手がかりに本を選んでもらうというフェア。

「帯1グランプリ」も、同じく本の中身を隠して、帯のキャッチコピーだけを頼りに本を選んでもらおうというフェア。

どちらも話題になり、本もすごく売れたとか。

恥ずかしながら、さわや書店のことも知らなかったが、岩手県盛岡市にある書店で、特に駅ビルにあるフェザン店は、POPのキャッチコピーで数多くのベストセラーを生み出している有名な店らしい。

「そんなアイデア、とてもじゃないけど思いつきません」

「そらそうや。柳原店長も、そこまでのことを期待してるわけやないやろ。そやから大森さんならではは視点からアイデアを出したらええんちゃう」

「私ならではの視点ってなんですかね？」

「それは自分で考えるんやな」

「えー、お好み焼き奢るのに、ズルい」

「そしたら、ヒントだけ。大森さんには大きな強みがあるやろ？　それを活かす私の強み？　そんなものあるだろうか？

その時、中川係長の携帯の呼び出し音が鳴った。

彼はそれに出ると、例のワンオクターブ高い声でにこやかに対応し「すぐに伺います」と言って切った。

「悪い。今すぐ行かなあかんようになって。ここ、ほんまにご馳走になってええんか？」

「もちろんです」

「ほな、ごちそうさん。フェアのアイデア、俺も期待してるで」

中川係長は、そうプレッシャーだけをかけて店を出ていった。

残された私は、フェアの宿題だけでも気が重かったのに、「自分の強みは何か？」という新たな出題にさらに心が重くなった。

自分ひとりで考えても答えは出ない。

そうだ、由美子さんに聞いてみよう。

私は、小林書店に無理やり用事を作って伺った。

忙しくてうっとうしい時もあるはずなのに、由美子さんはいつも私をやさしく迎え、真剣に話を聞いてくれる。その日もそうだった。

「理香さんの強みか。私から見たらいっぱいあるけどなあ」

私の質問に、由美子さんは楽しそうに答える。

「私にはまったく思いつきません」

「そしたら逆に質問するわ。小林書店の強みってなんやと思う？」

「えーと」

いきなり質問されて答えに窮した。

なんだろう？　小林書店の強み。

「強みなんか、何にもないって顔してるな？」

「そんなことないです。あ、由美子さんの人柄？」

「無理に言わんでもええって。それに人柄だけでは本は売れんしね」

「そうですか？」

「私も店を継ごう思った時、小林書店の強みは何かなって考えたことがあるんやけど、何も思いつかへんかった。そやかて、ぜんぜんモノがなかってん。こんな小さい本屋には売れ筋の本がまったく入ってけえへん。モノはないし、立地は不便。規模は豆粒みたいなもんや。大きな書店に勝てる見込みがないやろ?」

「はい」

「はいって失礼やな」

「ごめんなさい」

「冗談冗談。その通りや。それで店を継ぐことにした時、小林書店の強みを考えたんよ」

「教えてください。私の強みを見つけるヒントになるかもです」

「またちょっと長くなっても知らんで」

「かまいません」

そして由美子さんの話がみたび始まった。

エピソード③　小林書店の強みとは？

私が店に入ったばかりの頃はな、
まだ、雑誌も本もよう売れてた。
うちみたいな小さな店が、配達も含めて
少年ジャンプを毎週250冊売ってたんや。
店頭では「小林書店のジャンプはおもしろい！」
というPOPをつけて売ってた。
ええキャッチコピーやろ？
そう書いたら「え？　他の店と違うの？」と注目してくれる。
そやのに欲しい本はまったく入荷せえへんかった。
ベストセラーはもちろん、そもそも売れ物の新刊も来ない。
その時代はコミックが全盛で、特に『キン肉マン』が大人気やった。
入荷さえすればどんどん売れていく。

そやのに入ってくるのは数冊や。
そんなん一日で売れてしまう。
少年ジャンプあんなに売ってるのに、
追加を頼んでもこんな豆粒みたいな本屋はあとまわしや。
梅田の大きな本屋には、
山のように積んであるのにうちにはどんなに頼んでもけえへん。
それでたいていの人に行き渡って、
もうそろそろいらんやろという時になってから送ってくる。
その理不尽さにほんまに腹は立ったけど、
いくら怒ってみても状況は変われへん。
知恵を出すしかない。
どうやったら、最初から、
売れ筋のコミックやベストセラーを送ってくれるようになるやろ。
主人と一緒に毎日いっぱい考えた。
そこからひとつのアイデアを思いついたんや。

その頃、売れているコミックといったら、
ジャンプの集英社。
サンデーの小学館。
マガジンの講談社。
圧倒的にこの大手3社や。
これらの出版社の本をものすごく売ったら、
出版社も取次の大阪もうちの店を見直すかもしれん。
そやけど、そもそも売りやすい、
ベストセラーや新刊コミックは来ないんだから売りようがない。
そこで思いついたのが、
これら大手出版社が出す「全集」を売ることやった。
当時は、子ども向けの学習書や美術・料理などで、
いろいろな全集が企画されて売り出されてたのよ。
各社年に2回くらいは企画されていたかな。
分厚くて立派な本やし、全10巻とかあるから結構いい値段がする。

これらの本は店頭でどんどん売れていくような本やないから
基本、事前予約してもらって販売するという形やったの。
私ら書店業界では「企画もの」と呼んでた。
この「企画もの」は、何カ月も前に出版社から発表があり、
書店がお客さんから予約を取っていくというシステム。
発売日の1カ月前までに申し込んだら
その数だけ卸してくれる。
売れ筋のコミックみたいに、
店の大きさで差別されることはない。
小林書店のような小さな書店にとって、
大手書店と同時にピカピカの新刊を並べられる
唯一の機会やということに気づいたわけ。
また「企画もの」は、大手出版社が力を入れていたし、
どの店がどれくらい売っているかも注目していた。
それは出版社だけでなく大販も同じや。

そこで飛び抜けて売ったら欲しい本が入ってくるかもしれん。
こう考えたわけや。
ほんで、ある大手出版社の企画ものの説明会に初めて参加した。
料理の全集で、1巻1200円で全12巻。
1200円は当時としてはかなり高い金額やったから、
そう簡単に買ってくれる金額ではない。
そやけど「料理」ならどの家も作るから、
ちゃんと本のよさを説明したら
自分に関係ある本やと、思ってもらえるかもしれん、
と思った。
今みたいにレシピ本が溢れていて、
ネットでも簡単に探せる時代じゃない。
レシピはそれなりに価値があったんよ。
だからその日の説明会の内容を一生懸命聞きながら、
どう伝えたらお客さんに「欲しい」と思ってもらえるか真剣に考えた。

配達先のお客さんの顔を一人ひとり思い浮かべて、
どの人やったら興味を示してくれそうか名前を書き出した。
それで説明会の帰りにお客さんの家を歩いて説明して回った。
そしたらなんといきなり4件も予約が取れたんよ。
そりゃうれしかったよー。
飛び上がるくらい。
でもね、うれしいと同時に別の感情もわきあがってきた。
そう。すごい責任感。
現物も見てない。まだ影も形もないものを私の言葉だけで、
12巻もまとめて買ってくださることの重みに対する責任感や。
それってどういうことやろって考えた。
もちろん出版社の知名度もあるかもしれん。
せやけどそれ以上にあったんは「信用」やということに気づいた。
それはもちろん私だけのもんやない。
雨の日も風の日も休むことなく誠実に働いてきた両親。

黙々と休まず配達に行ってくれる主人。
この尼崎の立花商店街で
30年間ずっと店をやってきた小林書店への信用や。
私はこの信用だけは傷つけたらあかんと強く思った。
ただ自分の店が売りたいから売るんやなくて、
きちんとお客さんが買ってよかったと思えるものだけを
きちんと説明して売らなあかんと思ってん。
最終的には40セット予約してもらった。

第1巻の発売日、
小林書店の店頭にその全集の第1巻が
40冊積み上げられた時の誇らしさは今でも覚えてるわ。
それ以来、各出版社から企画ものが出るたびに、
出版社の説明会を聞きに行き、
それをもとに、欲しいと思ってもらえそうなお客さんの家を
一軒一軒まわって丁寧に説明して予約を取った。

そうやって続けているうちに
出版社や大阪の営業から
「小林さん、すごいですね」と言われ始めたんよね。
実際、我ながらすごかったやんで。
50件とか、100件の予約を取ったんやからな。
全国トップになったこともあったな。
そうなると、『キン肉マン』が勝手に100冊入荷するようになった。

その頃、大手出版社は企画ものの売上がいい書店を
東京に招待してホテルで感謝会を開いてくれることがよくあってん。
いつの間にか小林書店も毎年のように呼んでもらえるようになった。
これがうれしいものなのよ。
私らにとって東京はやっぱり特別や。
そこに招待されて、
普段は会えないような大手出版社の社長さんから直々に

「ありがとうございました」と言ってもらえる。
ほんま感激すんねん。
そんな経験、つい数年前まではあると思ってなかった。
でも、ちょっと頑張ったらそんな夢みたいなことが実現したんや。
ちょっと偉そうな言い方やけど、
これを小林書店と同じような町の書店に味あわせてあげたい。
そう思うようになったんや。
そういう感激した経験が一度でもあれば、
きっと一生の思い出になるやん？
苦しいことや悔しいことが多くても
本屋を続けていこうという気持ちになると思うねん。
私にもできたんやから、
きっとみんなにもできるはずやって。
ある時、『日本国語大辞典』という大型辞書で、
200冊予約販売したら東京へ招待という企画があってん。

それを一緒になって売ってみんなで東京へ行こうと、
同じ規模の書店さんたちに声をかけたの。
でも1冊7000円の辞書やったから、
そう簡単には200冊は売れへん。
「そんなん絶対無理や」という店にはこう言うてん。
「ダメでもともとやん」
だって、たとえ50冊で終わっても1冊7000円やで。
そこそこな売上と儲けになる。
売ろうと頑張る中で新しいお客さんを開発できるかもしれんし。
全部自分の店のためや。
挑戦して損することは何ひとつもない。
それで達成したら、ものすごい感動が待っている。
せっかくやったらその感動を味わってもらいたい。
綺麗ごとではなく、
本屋さんをやっていて辛い思い出しかなくて

廃業するみたいなことにはなってほしくないねん。
私たちは最初、出版社にも取次にも報告せずに
一緒に『日本国語大辞典』を売ろうというプロジェクトを立ち上げた。
達成してから報告して、びっくりさせてやろうという思いがあった。
でもなぁ、やっぱり自分たちだけでやっていると、楽しくないんよ。
私たちは誰かに見てもらいたくなってんなぁ。
一体誰に？　この苦労を一番わかってくれる相手……。
それは出版社しかないってなってな。
私は書店仲間6人を公民館に集めて、
『日本国語大辞典』を200冊売るための報告会を開いた。
そして、その出版社の大阪支社の人に
見に来てくれるように頼んでみたんよ。
何もしなくていいし、発言しなくていい。
ただ、そこで座って私たちが話し合っているのを見ててくれって。
それだけで張り合いになるから。

出版社の人が見てる前で、みんなで報告会をするねん。
それぞれの書店が200冊売るためにどんなことをしてるかを
報告し合うんよ。
こんな人にこんなふうに話したら予約してくれた。
逆にこんな理由をつけて断られたとか。
とにかくみんなに思いきり喋《しゃべ》らすねん。
それを1週間に1回繰り返す。
ひたすら売った売れんかったの話だけして、
お茶も飲まずに別れた。
その会合のことを私たちは「かちかち山」って呼んでた。
みんなお尻に火がついたように売ってたからや。
そしてその6人の中から、なんと3人が
200冊を達成して東京行きの切符を手に入れた。
すごいやろ?
その中のひとりは、

私よりずっと年上のおばさんがひとりでやってた店やったん。
それが7000円の辞書を200冊も売った！
これはすごいことや。
達成できなかった3人も、
普通では考えられないくらいの数を売った。
「7000円もの辞書がこれだけ売れて、本当におもしろかったわ」
皆、口をそろえて言ってくれた。
そして「また、次の時もしてや」と言われた。
でも、私は、ハッキリと断ってん。
「今度は、みんな一人ひとりが核になって、
他の店を引きこまないと広がっていかへんで」ってな。
いつも私が音頭とって
同じ人間が何回も集まってやったんでは意味がない。
その輪を業界全体に広げていかんと。

そういやこんなこともあった。
もともとは仲がいい出版社の人から、
婦人雑誌のことで声をかけられたことが始まりや。

「小林さん、うちの新年号も『企画もの』と思って予約取ってよ。
毎年12月に出るんやから6月から予約取ったらええやん」

私は、そうか予約を取ればいいのかと、素直に納得したんよね。
でもやってみたら難しいことがわかった。
まず目標の数が違う。
最低300冊くらい売らないと認めてもらえない。
その当時1000円から1200円の婦人誌の新年号を
例年だと10冊がやっとの店が、300冊売るねん。
ハッキリいって無謀やろ。
でも、私はチャレンジしてみたんよ。

婦人雑誌の新年号がどんだけお得かを説明してな。

家計簿もついているし、おせち料理の特集もあるし。

「これお世話になっている人にお歳暮代わりにあげたらどうかな」

って提案して。

そしたら大勢の人が、

「それやったら、お母さんにあげるわ」

「お姉ちゃんにあげるわ」

とか言ってくれはった。

「そんなら、お姑さんもいてるやろ？　小姑さんもいてるんやない？」

と私は畳みかけた。

するとおもしろいことに、

「1000円やったら……ほんならもう5冊もらうわ」

とか言うてくれはんねん。

ありがたかったなあ。

こうして、初めて挑戦して300冊を売ったんよ。

自分がやってうまくいったから、
またいろいろな書店に声をかけてみんなで
その婦人雑誌の新年号を売ることにしたんや。
そしたら、それぞれの店ですごい売れてなあ。
その結果を見て出版社の人が言ってくれはってん。
「小林さんすごいわ。
全部の書店一緒にしたら3000冊に届くかもしれへん。
まとめて報告したらすごい報奨金が出るからそうしたら？」
それは親切で言うてくれはったんよ。
300冊はうちらにとってはすごいことやけど、
大型書店と比べたらどうってことない数字や。
それぞれの店にはたいした報奨金は出ない。
でもまとめてひとつの店で3000冊で申請したら、
ランクが上がって報奨金がたくさんもらえる。
それを分けた方が金額が多い。

親切心で言うてくれはったんや。
でも私は即座に断った。

「そんなの嫌や」

まとめたら、表面的にはその店だけの手柄になる。
みんな普段10冊とかしか売れへんのに
死に物狂いで何百冊も売ったんや。
もちろんお金も欲しい……ほんまに欲しいけど、
でもそれ以上に、それぞれ自分の店を認めてほしい、
そう思って頑張ったんや、ってな。
出版社の人は、私たちが喜ぶと思って提案したのに、
食ってかかられて迷惑な話やけど、
ちゃんと謝ってくれて、
1軒ずつに報奨金を渡してくれたんよね。

でもよくよく考えたら私たちがそうやって目標を達成できたのは、
見守ってくれた出版社の人たちがいてくれたおかげや。
そやからみんなで、出版社の人たちを慰労しようと企画した。
いただいた報奨金で、ホテル阪神の宴会場を借りて
出版社の関西支社の方々全員を招待した。
予算的にランチがいっぱいいっぱいやったけど。
私たちは報奨金が欲しいためだけに売ってるんやないで、
という小さな書店の意地を見せたかったんかもしれんな。
でもこのでき事はみんなの思い出としてずっと残っていて、
当時の仲間と会ったら必ず思い出話をするんよ。

由美子さんはまるで昨日のことのようにうれしそうに話してくれた。

「そういや、なんでこんな話してたんやったっけ？」

「小林書店の強みは何かって」

「そうやそうや」

「それはよくわかりました。小林書店は大手書店にはない濃密な人間関係を持っている。それがあったから企画ものをそんなに売ることができた」

「そうやなぁ。小さいし不便な場所やし、待っていてもお客さんは来てくれへん。そやからこっちから出向いていく。そやから達成できたんや。弱みと思っていることが一番の強みになるってことや」

「弱みが強み」

「理香さんが仕事していく上で一番の弱みは何？」

「読んだ本の量が圧倒的に少ないことです」

「だとしたらそれが強みやないかな」

出版取次の会社に入って、会社の人や書店の人と話す時に、私がいつもコンプレックスに感じていたのが「読書量が圧倒的に少ないこと」だった。なんだかんだ言ってこの業界に入ってくる人は読書好きが多いのだ。

打ち合わせをしていると当たり前のように本のタイトルが出てくる。私はそれを知らないことが多い。でもいちいち「知らないので教えてください」なんて言える空気ではない。それなのに「読んだ本の量が圧倒的に少ない」ことが強み？どういうことだろう？

由美子さんは私の心を見透かしたように続ける。

「この業界、本好きの人が多い。でも世間を見渡したら、本好きは圧倒的に少数派や」

「確かに」

「だとしたら理香さんは多数派の人たちの気持ちがわかるってことやろ？」

その通りだ。今まで本を読んでこなかった私が「本好き」なふりをしてもたいしたことは語れない。「読んだ本の量が圧倒的に少ない」ということは、本を読まない人の気持ちがわかるということか。なるほど。

「由美子さん。ありがとうございます」

「何か役に立てた？」

「はい十分に。なんか吹っ切れました。フェア考えてみます」

私はそう言うと、小林書店を出た。


その日から、いろいろな書店を見てまわった。

当たり前だが、読書量が圧倒的に少ない私に何か気の利いたフェアを考えることはできない。できることは本を読まない人の気持ちになって、どんなフェアが実施されていたら手に取ってみたくなるかを考えることだ。

今読み進めている「百年文庫」のことを考えてみた。由美子さんから薦められなかったら絶対に手に取っていない本だ。ということは、実は本そのものよりも薦める人が重要なのではないか？

では誰が勧めてくれたら、その本を読みたいと思うだろう？

書店員であることが理想的だが、そのためには、お客さんがその書店または書店員に対して大きな信頼がないと成立しない。私が由美子さんに感じているように。

残念ながら、お客さんとの間に強い信頼関係がある書店や書店員は少数だ。だとしたら書店や書店員がお客さんに薦めるのではなく、お客さんがお客さんに薦めるのはどうだろう？

考えてみたら、私たちは普段から他のお客さんの意見を参考にすることが多い。食事に行くにも食べログのレビューを参考にしている。ホテルであれば旅行サイト。そう、本だってアマゾンレビューを参考にしているではないか。売り手側の宣伝文句よりも、それを利用したり買ったりしたお客さんの意見が一番参考になる。

お客さんが他のお客さんに薦める本のフェアはおもしろいかもしれない。

由美子さんは出版社の企画ものの販売で、他の書店の人たちを巻き込んだ。自分が受けた感激をみんなと分かち合いたいと思ったからだ。

私が考えるフェアはお客さんを巻き込んでいくのだ。

選ぶ方も自分が選んだ本が書店に並ぶのはきっと楽しいはずだ。自分がオススメした本が並ぶフェアがあったら、そのお客さんはそれを確かめに店に足を運んでくれるだろう。他の本も買ってくれるかもしれない。ＳＮＳで告知をしてくれるかもしれない。

問題はどのようなシステムを作っていくかだ。

私は中川係長にアドバイスをもらいながら、文越堂書店堂島店のフェアの企画をまとめていった。そして1週間後、文越堂書店にひとりでプレゼンに行った。「自分が考えた企画だからひとりで決めてこい」と言われたのだ。


企画書を見た柳原店長は開口一番こう言ってくれた。

「百人文庫？　タイトルはおもしろいねぇ」

「ありがとうございます」と思わず私の声もうわずる。

もちろん、『百年文庫』からパクっ……いやインスパイアされたタイトルだ。

「まだ中身がおもしろいかどうか、わからんけどね」

店長の隣で聞いている雅美さんがひとり言のようなツッコミを入れる。

めげずに私は説明を進める。

「『普段あまり本を読まない人』に向けたオススメの本を、お客さん100人に1冊ずつ選んでもらうというフェアの企画です」

「それで百人文庫か。なんで文庫に絞ったの？」

企画書をめくりながら、柳原店長が質問する。

「普段あまり本を読まない人に単行本はハードルが高いと思うので、金額的にもお手軽な文庫本に絞った方がいいかなと思いました」

「なるほど」

「また、お客さんが選んだ本ということで、今まであまり本を読んだことがない人も買ってみようかなと思うはずです。また選んだお客さんも、フェアのことが気になって、この店に関心を持ってくれると思ったんです」

「選書してもらう100人はどう選ぶの？」

「できるだけこの近くの会社の人がいいと思います。その方がお客さんにも親近感がわくと思うし。選書人の会社名とかプロフィールとかも書いておけば、社内外で宣伝してくれるかもだし、その人も売れ行きが気になって見に来てくれると思うんです」

「なるほど。おもしろいけど、どう集めるのかな？」

「店内にポスターを貼って募集をかけます。もちろん、それだけでは集まらないかもなので、目ぼしいというか常連さんというか、これはという人にはお声がけして推薦人になってもらうんです」

「実名やプロフィールを出してもらうんだよね。集まるかな？」

確かにそこがこのフェアの一番の問題点だ。私も正直、自信がない。

「店長、集めましょう」

それまで黙っていた雅美さんが口を開いた。

「お客さんに選書してもらうって、とてもええと思います。うちのスタッフ全員がレジでお客様にお声がけしたら100人くらいきっと集まりますよ。いや、それくらい集めることができなかったら、私ら普段どんな仕事してんねん、って話ですよ」

力強い援軍だった。

「雅美さん、ありがとうございます」

「別に大森さんのためでも、大阪さんのためでもないよ。うちの店のためになると思っただけや」

「安西さんがそう言ってくれるなら、やってみるか」

「店長、ありがとうございます」

「いやいやお礼を言うのはこっちでしょう。大森さん、ありがとう」

そう言うと柳原店長は手を差し出してきた。

私はしっかりその手を握った。

こうして私が初めて立てた企画「百人文庫」は、文越堂書店堂島店のフェアとして採用されることになった。

その日から私は、今までに想像したことのないような忙しさに突入することになる。

まず「100人の選者」を集めるための、ポスターやチラシの制作から始まった。最初はなかなか立候補者が伸びなかったが、雅美さんたち書店員が、顔なじみのお客さんに積極的に声をかけてくれた。それによって立候補者は一気に増え、約3週間で100人の選者が集まった。

その100人に、各自1冊の推薦本を選んでもらう。なぜその本を推薦するかの理由も書いてもらわなければならない。一人ひとりに連絡するだけでもかなり煩雑だ。また、店頭にない本は取り寄せる必要がある。

中川係長を筆頭に大阪の同僚たちが手を貸してくれた。今回ほど、大阪という会社の存在を力強く感じたことはなかった。

とはいえ、柳原店長や雅美さんをはじめ文越堂書店堂島店のスタッフの皆さんにも大きな手間をとらせている。もしこれで、うまくいかなかったらと考えると胃が痛んだ。

ギリギリまでかかって何とか「百人文庫」はスタートが切れた。

静かなスタートだったが、徐々に反響が広まっていった。

まるで一粒の水滴が水面に落ち、そこから波紋が広がっていくように。

選者は近くのビジネス街の会社員が多く、社内で宣伝してくれたのだ。

推薦人のひとりに、近くのＦＭ局のパーソナリティがいた。本好きとして知られる彼が自分の番組で積極的に宣伝してくれた。さらに近くのテレビ局の社員がお客さんだったことから、夕方のローカル情報番組で取り上げてもらえるという幸運もあった。

そこから他のラジオ番組や新聞などでも何度か取り上げられた。

波紋は徐々に大きくなっていった。

多くの人が店に来て本を買ってくれる。堂島の近くだけでなく、遠方からもお客さんが来てくれるようになる。日に日に売り場に熱が生まれてきた。

その結果、フェアは大成功をおさめることができたのだ。

フェアの対応に忙しかった私が小林書店に行くことができたのは、前回から2カ月以上がたってからだった。

「それはよかったなあ」

私の報告を聞くと由美子さんは自分のことのように喜んでくれた。

「あの時、由美子さんが自分の強みについて教えてくれたおかげです」

「何言うてんのん。理香さんが自分で考えたんやんか」

「でも、あのヒントがなかったら絶対無理でした」

「で、こんどは何の相談?」

「え？　どうしてわかったんですか？　相談があるって」

「顔に書いてあるよ」

「もう。そんなわけないじゃないですか」

「何かまた新しい宿題を言われたんやろ?」

「すごい。図星です」

「それで何？」

「今度はイベントしたいって言うんです」

「イベント？」

「百人文庫のフェアがうまくいったから、次は話題になるイベントを考えてほしいって言われたんです」

「期待されてるんや」

「でも、あれはマグレで。イベントなんか」

「私も大きなイベントしたことあるよ」

「きっとそうだと思っていました。その話、聞かせてください」

「また長くなるよ」

「それは覚悟の上で来ました」

私は椅子に座り、由美子さんの話をじっくり聞くことにした。

エピソード④　鎌田實《かまたみのる》先生講演会

何年か前に東京のある出版社に行ったんよ。
そしたら当時の社長さんが言うてくれてん。

「小林さん、いいところに来た。
ちょうど今から、鎌田實先生が来るから紹介するよ」

新刊の写真撮影に来られるということ。
びっくりした。
私、医師で作家の鎌田先生の大ファンやったから。
鎌田先生と言えば『がんばらない』という本が有名やけど、
私は『雪とパイナップル』という絵本が大好きやった。
絵本と言ってもノンフィクションで、

チェルノブイリ原発事故の救済活動に参加している鎌田先生が、
現地で知り合った白血病の少年と
日本から来た若い看護師との交流を描いたストーリーで、
これがほんとにいい本なのよ！
だから店頭でも切らしたことがなかったし、
これは絶対子どもにも先生にも読んでほしいと、
なんのツテもない学校に売り込みに行ったたくらいやった。
そやから実物に会えると知って大興奮や。
で、5分もせんうちに鎌田先生がいらして、
そんな話をばーっとしたら、すごい喜んでくれはった。

「『がんばらない』の本のことはみんな言ってくれるけど、
『雪とパイナップル』のことをそこまで言ってくれる人はいない。
でもこれが僕のライフワークだからとてもうれしい」

私も「そしたらもう一回、頑張って売ります」と言って、
尼崎に帰ってから、新たに20冊注文したんよ。
そうこうして、1週間ぐらいたってからかな、
最初に言うた出版社の社長から電話がかかっていた。

「小林さんえらいことや。
鎌田先生が小林書店で講演したい言うてるよ」

もともとその新刊の発売記念講演会を
東京と大阪でやることになっていた。
大阪は紀尾井屋《きおいや》書店梅田店だけで実施予定だったのを
鎌田先生がどうしても尼崎の小林書店でもやりたい
と言ってくれてはるらしい。
ほんと、びっくりした。
だって私、講演会を開いたこともないし、

どうすればいいかもわからない。
で、思わず「どうしましょ？」と聞いたんよ。
そしたら「どうもこうもやるしかないよ」と言われて。
しかも日程も、もう決まっていた。
その日時を聞いて、さらに私は衝撃を受けた。
10月の第1日曜日。
ちょうど尼崎市民まつりの開催日やったんよ。
その日は、毎年、市役所のフリーマーケットで傘を売ってた。
1年に1回で、尼崎にすごい人が来て、傘もよく売れる日やねん。
そやから「その日は傘を売りに行く日です」と言ったんやけど、
「それは誰かに売ってもらったらいいから、
とにかく小林さんは鎌田先生の講演できる会場を押さえて」
と一蹴されてしまったんや。

確かに「傘を売る」のは何とかするとしても

鎌田先生の講演なら最低でも100人は入る会場を押さえなあかん。
すぐに公民館とか福祉会館とか公共のホールに問い合わせたけど、
やっぱり日曜日やし、市民まつりがある日やし、どこも既にいっぱい。
1カ所だけ空いていたのが、アルカイックホテル。
小林書店が主催するのにホテルって柄やないなと思ったんやけど、
出版社に相談したら、
「そんなこと言ってる場合じゃない。
会場費はうちが出すからとにかくすぐ押さえて」
と言ってくれたんですぐに押さえることにした。
そうやって100人入れる部屋を押さえるのは押さえたんだけど、
こんどは、どうやってお客さんを集めるかや。
聞いてみたら、書店主催の講演は、どんな有名人であっても、
100人を集めるのはかなり難しいらしい。
大きな声では言えないけど、出版社や取次の社員たちが
こっそり集まって会場を満杯にすることもあるという。

紀尾井屋書店でも大変やから、小林書店さんはもっと大変かもしれん。
心配した出版社からこんな報告があった。
「新聞広告をうつことにしました。紀尾井屋書店と小林書店を並べて」
もちろん、先方は気を使ってやってくれてんねんけど、
私は内心は何くそと思った。
だって、新聞広告で知らない人が集まってもそんなにうれしない。
こっちはだてに60年間、立花商店街で商売してきたわけやない。
新聞広告なんかに頼らなくても、自力で集めたるわいと思ったんや。
そこで、お得意様や商店街の人たちを一軒一軒訪ねて
「今度、鎌田先生の講演会をやるんです」と案内していった。
価格は本代込みで1500円。
紀尾井屋書店と並びにしてくれ言われて。
こっちとしては、本代が800円くらいやから、
ちょっと申し訳ないかなと思ったんやけど、
それがすごい感謝されて。

「うれしいわあ。こんな機会作ってくれてありがとう」
なんて涙ながらに言ってくれる人もいて、
新聞広告が出る前日に100人全部埋まったんよ。
やったーと思った。
そして新聞広告が出た夕方、
出版社から電話がかかってきてん。
「小林さん、新聞広告で17人申し込みがありました」って。
あ、そうや、勝手に100人いったことに喜んで、
出版社にもういっぱいになったと言うの忘れてたんや。
「もういっぱいですから、これ以上は断ってください」って言った。
でも紀尾井屋書店はまだ100人までかなりあるし、
契約上あと2回新聞広告が出るという。
どうしよ？　って話になって、
結局、小林書店だけ「完売御礼」と書いてもらうことにした。
カッコええやろ。

天下の紀尾井屋書店がまだ100人集まらないのに、
10坪にも満たない、こんな小さな書店が完売って、カッコええやん。
まあ紀尾井屋さんは何とも思ってないやろけど。
結局、他にも行きたいという人がいて、
100人の部屋では無理やから150人の部屋にしてもろた。

で、そんなこんなで当日を迎えた。
傘の方は、娘に加えて、大阪社員が手伝ってくれることになったんや。
主人と娘だけやったらちょっと心配やなと思っていたら、

「ぼくら講演聞きに行こうと思ってましたけど、
講演は椎名部長におまかせして、
若手が何人かで傘売るのをお手伝いに行きます」

と中川さんが言うてくれてん。

講演会は昼からやから、
市民まつりの会場に朝6時から主人と傘を搬入しに行って、
フリーマーケットのスペースに傘を並べて、
10時くらいからみんなに引き継いでもらった。
で、私は着替えて、鎌田先生の講演会場に向かったわけ。
お客さんみんな私の知り合いばかりやから和気あいあいとしていて、
鎌田先生もそれを感じたんやろな。

「僕は今まで書店の講演会というと、大型書店ばかりでやってきた。
でも本当はこういうところでやりたかったというのがわかった」

と言うてくれはってん。
そうやって鎌田先生も喜んでくれるし、
お客さんも喜んでくれるし
もちろん私もうれしいし、ほんと言うことなしや。

講演が終わって、鎌田先生はすぐに別の場所に移動しなきゃで、
慌ただしく出口に向かうところで、
私は「これ本当の気持ちです」と謝礼を渡した。
普通の講演やったらすごい高いねんやろうけど、
謝礼の話を出版社に相談したら、
「そんなん受け取ろうと思ってないだろうから、
気持ちだけでいいと思うよ」
と言われてた。
でも、場所代も出版社に払ってもらってるしな。
それでチケット代1500円から
本代を差し引いた金額の人数分を全部包んだんや。
鎌田先生は、こんなの受け取れないよ、みたいな感じやったけど、
何しろもうホテルの出口で、
急いではった時やから受け取っていきはってん。

で、講演会終わったら、
今度は市民まつりの傘が気になってあわてて駆けつけた。
みんな頑張ってよう売ってくれた。
そりゃ私が売るのに比べたら少ないけどな。
でも、それ以上に私はええ想いさせてもらった。
店に戻ってみんなにお礼を言うたら、
大阪のみんなが「おめでとうございます！」って花束くれはってん。
こっちが手伝ってもらったのに、
「小林さん、よかったですね」と口々に言うてくれて、
ほんまにみんな優しいなと思って。
そんなこんなで嵐のような一日が終わった。
とにかく大成功でほんまよかったよかった。

そしたら次の日に、出版社の営業担当が来て、
「これ鎌田先生から預かってきました」

って、その封筒を差し出すんよ。
「なんで？」って聞いたら、
「こっちから講演会を実施したいと言ったのに、
　こんなのもらうわけにはいかないから返してきてください」
と言ってくれたとのこと。
「こんなん受け取ったら小林さんに怒られます」と拒否したらしいけど、
鎌田先生は「これはもらうわけにはいかない」と預けていかれた。
これで私が返すわけにもいかないから、
そこはありがたく受け取っておいた。
といってもこのお金を私のものにするのも何か違う。
そこで考えたのは、JIM-NETに寄付することやった。
JIM-NETは、湾岸戦争を契機にがんや白血病患者が急増したイラクでの
医療支援を行う団体で、鎌田先生が代表をつとめられている。
それがいいと思って、謝礼でお渡しした全額を寄付したんや。

紀尾井屋書店での講演は、うちらより1週間くらい後にあって、
私はそちらも聴きに行った。

ちゃんと1500円払ってな。

講演後のサイン会で並んで鎌田先生とご対面。

先生は「何でいるの？」と驚いてたけど
「今日、ゆっくり聴きに来ました」ってな。

「この間はバタバタになってしまってゴメンね」

「先生、謝礼返してもらってありがとうございます」

「いやいやあれは受け取れないよ」

「私も受け取れないから、先生のJIM-NETに全額寄付しました」

「おう。それはカッコいいことしましたね」って言ってくれた。

私も何かうれしくなって、ほんまよかったなと思ったんよ。

由美子さんは、話し終えると本当にうれしそうに笑った。

「鎌田先生、カッコええやろ」

「はい、それから由美子さんもカッコいいです」

「そやろ? 自分でもあの時の私、カッコよかったなって、思うねん」

そんなふうにストレートに自慢する由美子さんは可愛らしかった。

「いい思い出なんですね?」

私が言うと、由美子さんは少し照れた。

「そうなんよ。ええ思い出やから、何かのきっかけがあるとつい喋りたくなってしまうねん。理香さんの考えているイベントとはぜんぜん違ったかもしれんな」

「いえ、すごいヒントになりました」

「ほんま?」

「はい。私にはそんな大きなイベントはできないけど、あとからこうやって誰かに語れるようなカッコいいイベントにしたいと思いました」

「それはええな。理香さんの武勇伝を聞かせて。楽しみにしてるわ」

小林書店をあとにすると、私は駅前の喫茶店で、文越堂書店堂島店のイベントの企画を考えた。

由美子さんのイベントに、どうしてそんなに多くの人が駆けつけてくれたのだろう?

もちろん鎌田先生の話を聴けるという魅力は大きい。ただ、それだけではない。現に、小林書店の何千倍、いや何万倍以上その告知を見た人がいるはずの紀尾井屋書店梅田店よりもたくさんの人が集まった。

おそらく由美子さんの熱意が多くの人の気持ちを動かしたのだ。

ということは、私が立てる企画も、ちゃんと熱をこめることが重要になる。

では、どうすれば「熱」がこもった企画になるだろう。

「百人文庫フェア」では、多くの人が自分がどうしても読んでほしい本を推薦してもらうことで、売り場に熱が生まれた。だとしたら、今度のイベントも同じ考え方をしたらどうだろう。

本を推薦する人が「自分が推す本について徹底的に語る場」を作るのだ。

そういえば以前、テレビ番組で、読書好きな芸能人が、書店を舞台に自分のオススメの本を推す番組を見たことがあった。そこで紹介された本の何冊かはとても売れた。ほとんど在庫がなかった本が、その番組をきっかけに重版されて店頭に並び、そこからベストセラーになったこともあったくらいだ。

なぜそこまで売れたのだろう?

もし彼らが自分が書いた本を宣伝したのであれば、そこまで反響はなかったはずだ。何の利害もない、自分がただおもしろいと思って、みんなに読んでほしいと思った本を推したからこそ、そこまで反響があったのだ。

文越堂書店堂島店に提案するイベントも、できれば推す人にとって、何の利害関係もない本であることが望ましい。予定調和をなくすために、紹介する本をあらかじめ置いておくとかはしない方がいいかもしれない。推す本が挙がったら、書店員が店内を探すのだ。

「1冊だけありました」

「じゃあこれ買いたい人」

「はーい!」

「3人いるからジャンケンね」

きっとこういうやりとりが、イベントに熱を生むはずだ。

その熱量によって、人は本を買いたくなる気持ちになる。

「『推し本トーク』か。おもしろそうやね」

企画書を見た、文越堂書店堂島店のアルバイト雅美さんは前のめりになった。

黙っていた柳原店長も口を開く。

「これって、ビブリオバトルとはどう違うの？」

ビブリオバトルとは、２００７年、当時京都大学情報学研究科共生システム論研究室の谷口忠大《ただひろ》氏によって考案された「知的書評合戦」とも呼ばれているもので、全国のさまざまな書店で実施されている。

ビブリオバトルの公式ページによると、以下のやり方が公式ルールだという。

1　発表参加者が読んで面白いと思った本を持って集まる。
2　順番に一人5分間で本を紹介する。
3　それぞれの発表の後に、参加者全員でその発表に関するディスカッションを2～3分行う。

4　全ての発表が終了した後に、「どの本が一番読みたくなったか？」を基準とした投票を参加者全員一票で行い、最多票を集めた本をチャンプ本とする。

事前に企画書を中川係長に見てもらったら、同じ質問をされたので、その答えは考えてきていた。

「ビブリオバトルは、ある種のゲームです。5分でどうおもしろそうに伝えるかの競争です。たとえば、私みたいな口べたさんにはハードルが高い。でも『推し本トーク』は、トークのうまさは関係ありません。ただただ自分が好きな本を推すだけなんです。争いもチャンプ本もありません。『戦わないトークイベント』なんです」

「なるほど。でもそれだけで盛り上がるかな」

不安そうな柳原店長の言葉を打ち消すように、雅美さんが援護をしてくれた。

「大丈夫ですよ。これ盛り上がりますって。私も出たいぐらい」

「ぜひ出てください。書店員の方は必ず出てほしい企画です」

「やった！」

「でも、もし推し本の在庫がなかったら、売上に結びつかないのでは？」

「そこがおもしろいんじゃないですかー！」

柳原店長の懸念に、雅美さんと私が同時に同じことを言ったので、思わず顔を見合わせ笑ってしまった。

「店長。大丈夫ですって。私が推す本は、ちゃんと店内に在庫を持っておきますから」

雅美さんのダメ推しに、柳原店長はしぶしぶうなずいた。

「2人がそこまで言うなら、やってみようか」


年が明けた1月後半。文越堂書店堂島店で、記念すべき「推し本トーク」が実施された。

推し本パネリストは、「百人文庫」にも参加してもらったラジオ局のパーソナリティと、雅美さんの紹介で大阪在住の本好きのお笑い芸人がつとめてくれることになった。そして我らが雅美さんを加えた3人が推し本パネリストだ。

イベントは限定80名のスペースが満員になり、想像以上に盛り上がった。

私は、パネリストが推した本を、店内から探してくる役を仰せつかった。

もちろん、自力で探し出す能力はないから、そのコーナーの担当書店員に聞くのだが。この作業は中川係長も手伝ってくれた。

ラジオ局パーソナリティ氏が推した本の1冊は、3000円以上する専門書だったが、奇跡的に店内に1冊だけ在庫があった。私が「1冊だけありました！」と、イベントスペースに届けると、雅美さんがすかさず言った。

「この1冊欲しい人？」

すると3人のお客さんが手を挙げた。

「ジャンケンしてください」

雅美さんがそう言うと、3人がジャンケンをする。

まさに私が妄想していたのと同じ風景が目の前で繰り広げられていたのだ。

何とも言えないキュンとした気持ちになった。

ジャンケンに勝ったひとりがうれしそうにその本を手に取った。残りの2人はとても悔しそうだ。こんな風景が、書店で見られるなんて考えられない。

こうして、「推し本トーク」は無事幕をとじた。

本の売上は、普通の著者イベントの2倍以上になった。

何よりも、参加してくれた人が口々に「おもしろかった」と言ってくれたことが何よりもうれしかった。雅美さんは、終わったあと、興奮しながら私の手を取り、「今までの書店員人生で一番おもしろかったわ。ありがとうな」と言ってくれた。学生時代からずっと書店に勤めていて、本のことを心から愛している雅美さんがそんなことを言ってくれるなんて……。

私は思わず涙が出そうになった。それをごまかすためにトイレに駆け込んだ。


会社への帰り道、中川係長はひとり言のようにつぶやいた。

「よかったな。みんなほんまに喜んでたわ」

椎名部長もこっそり見に来てくれていて、中川係長に「よかったな」とだけ言って帰っていったという。こうして「推し本トーク」は、文越堂書店堂島店で2カ月に1度、定期的に開催されることになった。

イベントの成功を、小林書店の由美子さんに報告しに行くと、自分のことのように喜んでくれた。

「よかったな理香さん。それはアマゾンに勝ったってことや」

よく意味がわからない私に、由美子さんはたたみかけた。

「そやかてそうやろ？　いくらアマゾンが、興味ありそうな本をオススメしてくれても、そこまで熱を生み出すことはできひん。それは実際に人が集まるイベントやさかい、生み出された熱や」

確かに。

「その3000円以上する本にしても、別にその場で買わなくても、アマゾンに頼めばええ話やんか。でもその場の熱があったからこそ、その3人のお客さんはどうしてもその場で欲しくなったんと違うかな？」

なるほど。

「つまり、理香さんはアマゾンに勝ったんや」

「いや、勝ったとかはないですけど」

「私も前にアマゾンに勝ったことあったんよ。これ話したかな?」

「いえ、まだ聞いてないと思います。ぜひ聞かせてください」

エピソード⑤　アマゾンに勝った話

商売って、やっぱり我慢して続けることが大切や。
どんな人にも丁寧に接客すること。
万が一、不良品があったら、誠実に対応すること。
嘘は言わない。
当たり前すぎることやけど、
そういうことの積み重ねで初めて
お客さんから信頼してもらうことができる。
それは、本を売るのも傘を売るのも同じや。
そう。アマゾンに勝った話な。
私が傘を売っていた場所の前に保険代理店があったんよ。
女の人が4~5人勤めてはる。
挨拶くらいはようしてたんよ。

「おはよう」「暑いね」「寒いね」とか。
私は日曜日しか来ないんだけど、
それでもだんだん喋りにやってきはるようになった。
ちょうど私の娘くらいの年代で、
みんな結婚してたから
母親に話すみたいな感じやってんやろな。
ダンナや子どもの愚痴とか、いろいろ話してくれるようになって。
その中のひとりと特に仲よくなってん。
すごい営業のやり手や。

ある年の1月。
新年明けて、初めて傘を売りに行った時のことや。
「あけましておめでとうございます」と挨拶を終えたら、
彼女が言うんよ。
「私、社長に勝手に言うてしもたんですよ。

本はアマゾンで買わなあかん義理でもあるんですか？
そんなん勝手に言ってよかったですか？」って。
え？　どういうこと？　って思うやん。
なんでも、その保険代理店の社長は本好きで、
契約してくれたお客さんに自分がいいと思う本を
プレゼントしてたらしいねん。
でも本屋行くの面倒やから、
アマゾンでまとめて買ってた。
それまで誰も何の疑問にも思ってなかったらしい。
そもそも私は、そこではずっと「傘屋のおばちゃん」やったしな。
ただその前の年末にテレビに出たんよ。
『ビーバップ！ハイヒール』って関西ローカルの番組で、
小林書店のストーリーが放映された。
それで、傘屋のおばちゃんの本業は、
本屋のおばちゃんということが知られるようになって、

彼女は、ふと思い出してくれたんよ、私のこと。
それが「社長、本はアマゾンで買わなあかん義理でもあるんですか？」
という言葉につながるわけや。
社長は「いや、別に何の義理もないで」と返事した。
すると彼女はたたみかけた。

「それやったら、うちの前に来てる
傘屋さんの本屋さんから
買ったらええんちゃいます？
毎週日曜日に来るんやから、
頼んでおけば持ってきてもらえる。
別に急がなくて、義理がないんやったら、
私たちは本屋さんから本を買ってほしい」

今度は私が驚く番や。

「えー、そんなこと言うてくれたん」
「小林さんに相談もせず勝手に言うてしまいました。
よかったですか？」
「よかったに決まってるんやん。ありがとうな」
それで、そこから、うちに本を注文してくれるようになった。
岩波の１８００円もする本、10冊とか。
ありがたかった。
また彼女も本が好きやったから、
「ええ本あったら紹介してください」って言うてくれて。
いろいろ紹介した。
なかでも『12の贈り物』は、
すごい気に入ってくれてな。
人間には神様が12のものを備えてくれている。
愛とか、力とか、やさしさとか。
それを一つひとつ説明してくれる、という内容の絵本や。

結婚するとか
赤ちゃん生まれたとか
就職するとか、
そういう時のプレゼントにぴったりやから、
店でもよく薦めた絵本やったんけど、
彼女にも響く部分があってやろな。
それで社長にも薦めてくれて、
たくさん買ってもらったよ。
ずっとアマゾンで買ってた社長さんを
小林書店のお客さんに変えたってわけや。
つまり、「アマゾンに勝った」とも言えるわけや。
すごいやろ?
もっとも、アマゾンにとっては、毛ほども痛くないやろけどな。
それでもなんか、すごいうれしかったんよ。
地道に商売してたらこんなプレゼントもあるってことや。

で、ちょうど、その少しあとに尼崎の書店組合の新年会があってな。
みんなひと言ずつ喋るねん。
そやけど、みんな景気の悪い話ばかりや。
「正月やのに売れへん」「年末もあかんかった」とか。
ほんまに辛気《しんき》臭《くさ》い。
そんな中、私は「アマゾンに勝った話します」言うて、
このエピソードをバーと話したのよ。
そしたらえらいウケてなあ。
みんな「それはええ話や」「うちらも頑張らんと」と
口々に言ってくれてん。

話し終えると由美子さんは「どうや?」というふうに私を見た。

「あのアマゾンに勝つなんて、ほんとすごいです」

「もちろん勝ったとかは冗談やけどな。それくらいのつもりで仕事せんとおもろないと思うねん」

「ほんとそうですよね」

「だから理香さんも、今度から誰かに推し本トークの説明する時は、ちゃんと『私、アマゾンに勝ったことがあるんです』って言わなあかんで」

「わかりました。頑張ります」

そう答えながら、私がそんな勇気を持てるようになるには、少なくともあと10年はかかりそうだと思った。

とはいえ、推し本トークの成功で、少し自信のようなものが芽生えてきたのも事実だ。

仕事は忙しかったが毎日は充実していた。ぼんやりすごす時間は少なくなり、隙間時間に読書することが増えた。なぜなら読みたい本が増えたからだ。推し本トークを聞くと、どうしてもその本を読んでみたくなる。世間で話題になっているベストセラーにも目を通しておきたい。

お正月は東京に帰省したが、むしろ早く大阪に戻りたい気持ちになっていたのが自分でも不思議だった。

季節は春に近づいていた。もうすぐ大阪に来て1年だ。

通勤時間は『百年文庫』を少しずつ読み進めていて、14巻になっていた。テーマは「本」。収録されている作品は、島木健作『煙』、ユザンヌ『シジスモンの遺産』、佐藤春夫『帰去来』の3篇。

いずれも「本」を偏愛し、その魔力に振り回される人が登場する物語だ。数カ月前までならまったく共感するところはなかったと思うが、今の私にはほんの少しではあるがわかる気もした。ほんのほんの少しではあるが。


「読書会」なるものにも参加しようと思うようになった。

読んだ本のことを誰かと話してみたくなったからだ。

誰かが薦める本も聞いてみたい。

こっそり「犬村倶楽部」という読書会に参加してみた。ネットで調べて、初心者でも参加しやすいという情報を得たからだ。

日曜日の午後、会場に行った私は驚いた。

おしゃれなカフェレストランに想像以上の人が参加している。

ざっと100人くらいいるだろうか？　何十年も続けて「活字離れ」が叫ばれ、誰も本を読まなくなったと言われているこの時代に、日曜日の午後、わざわざ3000円の会費を払って、読書会に参加する人がこんなにもいるなんて信じられなかった。

そのほとんどは20代から30代。たまに年配の方がいる程度。みんなこざっぱりとしたファッションで常識のある社会人っぽく見える。

読書好きが集まる会だから、もっと陰キャラな感じの人ばかりと思っていたけど、それは偏見だったようだ。人を見た目で判断したらダメだけど。

5人ひとテーブルになる。胸には各自、自分がその場で呼んでもらいたい名前（ニックネーム）を書いた名札をつける。

私は「貝塚」という名前にした。小学校の社会の時間で、縄文時代の遺跡「大森貝塚」を習った時に、男子から「貝塚」「貝塚」ってからかわれたのを思い出したのだ。もちろん私の苗字が大森だからだ。

本名の理香だとナメられそうなので、ちょっと硬めな名前がちょうどいいかなと思った。

各テーブルにひとりのファシリテーターがつく。これは、初参加の人間が話しやすい雰囲気作りをするためだ。ファシリテーターに促されて自己紹介をする。もちろん大阪に勤めていることは内緒にした。

その後、最近読んでおもしろかったオススメの本について順番に語る。

私は『日本のヤバい女の子』という本を紹介した。

日本の昔話に出てくるエキセントリックな女性たちを、著者のはらだ有彩さんがやさしいタッチで考察していくエッセイ集だ。取り上げられるのは、乙姫、かぐや姫、虫愛《め》づる姫、イザナミノミコト、皿屋敷・お菊など。

「浦島太郎」の乙姫は「開けると何百年も歳をとる玉手箱」を説明もなく渡す。わざわざ彼が開けたくなるように「絶対開けたらダメですよ」と念をおして。

「竹取物語」のかぐや姫は、求婚者たちに絶対不可能なプレゼントを持ってくるように要求する。

「古事記」のイザナミは、死んだ自分がいる黄泉《よみ》の国までわざわざ会いに来てくれた夫に、腐敗した姿を見られたという理由で襲いかかろうとする。

確かに彼女たちはいろいろな意味でヤバい。

でも彼女たちには彼女たちなりの事情があったと、はらださんは語る。そして、その文章のタッチが絶妙におもしろいのだ。

私は、緊張しながらもそんな内容をテーブルのみんなに話した。

精一杯。懸命に。

みんなが口々に「おもしろそう！」と言ってくれるのがとてもうれしい。

自分が薦めた本をそんなふうに言ってもらうのは初めての体験だ。

「推し本トーク」で、登壇した人たちが口をそろえて「おもしろかった」と言っていた理由がわかった気がした。

ここに集《つど》う人は基本的に本好きだし、新しいジャンルの本にも興味を持つ人が多い。誰も人の意見を否定しない。とても心地のいい空間だった。

中でも「タケル」と名札に書かれた、20代半ばに見える男子が一番食いついてくれた。彼は『日本のヤバい女の子』の中身をパラパラと読みながら「ほんまにおもしろそうやなこの本」とつぶやいてから、大真面目な顔で私に質問した。

「貝塚さんご自身も、かなりヤバい女の子なんですか？」

「いや、私……ヤバイ女の子に憧れはするけど、無理です」

「憧れはするんですね？」

「はい」

私もついつい真面目に答えた。

そんな私の顔を見て、彼は思いっきり笑った。

そのくしゃくしゃな笑顔を見て、私はなぜか懐かしさを感じた。でもなぜそう感じたのかは思い出せなかった。

タケルさんが紹介したのは『美しい古墳』という本だった。

それまでは、丁寧な話し口調だった彼だったが、古墳の話をしだすと関西弁になり表情が一変した。とにかく熱い。本好きが自分の好きな分野の本を語る時に共通した顔だ。

「推し本トーク」の時もそうだったけど、人は自分が好きなものについて語るとイキイキして魅力的な表情になる。

本のサブタイトルは「白洲塾長の世界一毒舌な授業」。祖父母に白洲次郎・正子を持つ著者が、古代史好きの女性フリーライターに、全国の古墳の魅力を教えるという対談形式の本だ。古墳散策の入門書としてはぴったりらしい。私は古墳には1ミリも興味がなかったが、彼の話に引き込まれていた。

読書会が終わって、同じ会場で、立食のちょっとした懇親会があった。

私は思い切ってタケルさんに話しかけた。

「古墳に興味を持ったきっかけはなんですか？」

するとタケルさんは、少し考えてから言った。

「なんでかな。小学校の教科書に載ってた前方後円墳の形になぜか惹かれたんですわ」

前方後円墳、確かに教科書に載っていた鍵穴みたいなやつだよね。

「貝塚さん、ちょっと想像してみてください。あの時代、どうやったらあんな変な形のもん造れると思います？　だってドローンもないし、上から見ることでけへん。そやのに全国で共通して同じ形の古墳がある。北は岩手県から南は鹿児島県まで。おそらく奈良で誕生してそれが全国に広がっていった。すごいことやと思いませんか？」

　まあ、すごい、かな。

「しかもしかもやで。全国に熱にうかされたように古墳を造ったのに、日本人はある時代を境にパタッと造るのをやめたんや。興味持たへん？」

　1ミリくらいは興味持つかな。

「そもそも前方後円墳という名前にも異議有りや。前が方で後ろが円って変やんか？　どう見ても前が円やろ、みたいな」

　確かに。

「実は、僕、東京生まれの東京育ちで、1年前に転勤で大阪に来たんですよ。最初は正直大阪ちょっと嫌やなあって思ってた。友達もいてないしノリにもついていかれへん」

　え？　そうなの？

「でもある時、ふと思った。大阪といえば古墳のメッカや。全国の古墳の大きさランキングのベスト3は大阪府が独占。ベスト10にも6基入っている。そやから大阪にいてるうちできる限り古墳を見に行こうって思った。小学生の時に興味を持っていたのを思い出して。そしたらどんどんはまってしまって、それに比例して大阪もだんだん好きになってきたんですわ」

「関西弁を喋っているからてっきり関西の人だと思っていました」

「これはエセ関西弁。大阪にいてる間にバイリンガルになろうと思って頑張って喋ってんねん。でもネイティブの人にはすぐにバレて、気持ち悪いからやめてくれ！　って言われるんですけどね」

「そうなんですね」

「ということは貝塚さんも関西人じゃないの？」

「はい。生まれも育ちも東京だったんですけど1年前に大阪へ配属されて」

「東京どこ？」

「駒沢公園の近くで」

「あ、俺、桜新町」

一瞬、タケルさんはタメ語になった。

「えー近いですね」

ものすごい偶然な気がして、こちらも思わず声がうわずりそうになったけど、何とか冷静を装った。

「駒沢公園も高校の時、よくバスケしに行った」

「そうなんですね」

「246から駒沢通りにかけての呑川《のみかわ》沿いの桜、好きやったな」

「あの桜、ほんといいですよね。東京で一番好き」

「僕もそう。人が多い目黒川よりずっと」

「気が合いますね」と言いそうになったけど、すんでのところでその言葉は飲み込んだ。

少しの間のあと、タケルさんは言った
「でも今年は大阪でもきれいな桜が咲く場所を探したいと思ってるんです」

「そうですよね。私も探そうっと」

「あ、ええこと思いついた」

「なんですか？」

「大阪でオススメの桜スポットあったらお互いに教えっこせえへん？　僕もええ場所見つけたら教えるから貝塚さんも僕にええ場所教えてくれる」

「いいですね」

私たちはＬＩＮＥを交換した。

「大森理香さんか。あ、それで貝塚か。大森貝塚ね。ウケる」

タケルさんの名前は、藤沢健という名前だった。

健と書いてタケルと読むらしい。

「古墳にもちょっと興味持ってくれた？」

「うーん、興味を持った、と言うにはまだ微妙かな」

「そらそうやな。でもせっかく大阪にいるんやから、その間に絶対見に行っておいた方がええと思うよ。こんな巨大古墳がこれだけ集まっているのは大阪だけやから。ひょっとしたら何年後かに世界遺産になるかもしれへんし」

「そこまで言われたら、一度行ってみようかな」

「あ、そしたら僕が案内するから、行こ！」

この流れで断るほどの勇気はなかった。それにタケルさんのことをもう少し知りたい気持ちもあった。

次の日曜日、私たちは、南海電鉄なんば駅で待ち合わせた。

通称仁徳天皇陵古墳。宮内庁は百舌鳥耳原中陵《もずのみみはらのなかのみささぎ》と呼び、学術的には大山古墳とも大仙陵古墳とも言うらしい。っていくつ名前があるんだよって感じだが、まずはやはり世界一大きな古墳から見るべきだと、タケルさんが主張したのだ。大山古墳の最寄り三国ヶ丘駅まではここから高野線に乗って20分程度らしい。

待ち合わせ場所に着くと、既に彼はいた。

私の姿に気づくと、こちらを見て微笑んだ。

読書会で、なぜ彼の笑顔を懐かしいと感じたのかその時、思い出した。小学5年生の時になぜか意識していた男の子の笑顔に少し似ていたのだ。

電車の中でタケルさんが真剣な表情で言った。

「貝塚さんに謝らなきゃいけないことがあるねん」

エセ関西弁で、律儀に私をまだ読書会ネームで呼んでくる。

「古墳。実は見に行ってもあんまりおもろないんよ」

え？　どういうこと？　私は混乱した。

「いや、僕にとってはメチャメチャおもしろいよ。古墳のまわりを散歩するだけで、想像力が刺激されてさ、いろいろ頭の中にイメージがわいてくる。そやけど、普通に考えたらぜんぜんおもろない。宮内庁が管理してて中には入れないし、堀の向こうにこんもりと木に覆われた島みたいなんが見えるだけや。どんだけ歩いても景色はたいして変われへん」

ふーん、そうなんだ。

「普通やったら、女の子との最初のデートで古墳なんかに誘えへんねんけどな」

え？　デート？　なの？

「でも貝塚さんなら、わかってくれそうな気がしてん。どう見てもおもんない風景でも、ちゃんと頭で変換しておもろい風景にすることができる女の子やなって思ったんよ」

それって褒められてる？

かなり買いかぶられているような気もするけど。

「どうしてそう思ったんですか？」

「だって、貝塚さん、メチャ本を読んでそうやし、選書もおもしろかったし、なんかわからんけどそんな気がしてさ」

1年前にはまったく本なんか読んでなかった私が、そう思われるなんて。

私は話題を変えるために、質問をした。

「犬村倶楽部って何であんなに人が来るんですかね？」

「みんな本のことを話す相手がいないからちゃうかな。学校でも会社でも。今や読書はかなりニッチな趣味やからなあ」

そうか。でも確かに当たっている。取次に勤める私としては複雑だけど。

「貝塚さんは何で参加したの？」

「実は私……取次って知ってます？」

「取次？」

本好きでもやはり知らなかった。私は簡単に本の流通の仕組みを説明した。

「じゃあ、参加したんは市場調査だったってわけ？」

「そういうわけじゃなくて、単に読書会ってどんな場所かなって興味があって」

「犬村倶楽部って、不動産屋さんのオーナーが始めたんよ。最初は3人の読書会やったんが、今では何千人と会員がいて、大阪だけでなく、神戸や京都でも開催されているらしいわ」

「すごいですね」

「でも、これ本当は、出版業界がやるべきじゃないの？　書店なのか出版社なのか取次なのかは僕にはわからへんけど」

確かにその通りだ。

読書がニッチな趣味になっているのだとしたら、そんな物好きな人間たちが本について語る場を提供するのは、出版業界の役割だ。

私は、今度、文越堂書店堂島店に読書会を提案しようと思った。


三国ヶ丘駅で降りた私たちは、駅のすぐ近くに横たわっている大山古墳のまわりを歩いた。さすがに世界一の巨大古墳だけあって一周するのに約1時間半。タケルさんが言っていたように、特にすごい景色があるわけではなく、堀の向こうに森があるこんもりした小山が見える退屈な風景が続くだけだった。古墳と逆側は普通の住宅地。

しかし私にとって、この散歩、今までの人生で一番楽しい1時間半になった。

いくら喋っても話題がつきない。小さい頃の話から、大阪へ来て一番ショックを受けたこと、最近おもしろかった本の話など。お互いの仕事のことも話した。

タケルさんの仕事がコピーライターだと知った。彼曰く、まあまあ大きいけどそこまで大きくない広告会社の関西支社に勤めているらしい。

なんと彼の職場も堂島から近く、文越堂書店堂島店の「百人文庫」にも来て、何冊か本を買ってくれたらしい。私が企画した「推し本トーク」のことを聞いて、「それ行きたいと思ってたんやけど、どうしても仕事で行かれへんかってん」と悔しそうに言った。

そんな話をしながら、要所要所で、タケルさんが古墳について熱く語る。

あっという間の1時間半だった。

「ごめんな。古墳おもんなかったやろ」

「確かにおもんなかったけど、メチャおもろかった」

正直に答えた。いつの間にか、私もエセ関西弁を喋っていた。

「ほんまに？　それはうれしいな。そしたら、これからもっとええ場所に連れてったるわ」

「ええ場所？」

「俺たちがどれだけたくさん歩いたかわかる場所」

意味がわからないままに連れていかれたのは堺市役所だった。

日曜日でも21階の展望ロビーは無料で開放されている。

展望ロビーからは、堺の風景が一望できた。そして目の前に緑のこんもりした山があった。それが大山古墳だった。想像以上に大きい。あのまわりをグルッと一周してきたなんてすごい。

「ここに東京タワーがあったら、もっと上から見えて鍵穴の形までちゃんと見えんねんけどな」

子どものように悔しがるタケルさんに、私も思わずエセ関西弁でツッコミを入れた。

「ここにあったら東京タワーじゃなくて、堺タワーやん」

「ほんまやな」

タケルさんがこちらを見て微笑んだ。

それから私たちは、毎週日曜日に逢うようになった。

数週間後の日曜日の夕方、私とタケルは、神戸のサンシャインワーフに向かっていた。

由美子さんが、毎週日曜日に傘を売っている場所だ。

その日、2人で苦楽園に散り際の桜を見に行った。苦楽園は隣の芦屋と並んで、関西有数の高級住宅地だ。夙川《しゅくがわ》沿いは桜の名所で人通りが多いが、苦楽園あたりまで上流に行くと、人が少なく穴場だと聞いたからだ。

ふと、由美子さんの話になり、タケルが会ってみたいと言った。

私自身も、由美子さんが傘を売っている現場に行くのは初めてだ。

バスを乗り継いで、まっすぐ海の方に下っていったら意外に近い。タケルを紹介するのは恥ずかしくもあるが、ちょうどいい機会とも言える。

現場に着くと、由美子さんは店をたたみ始めたところだった。

「あれ、どうしたん？」

由美子さんは私たちを見ると、驚いた表情で言った。

私は、夙川の帰りであることを伝え、タケルのことを紹介した。

「初めまして。藤沢健です」

「いつもうちの理香がお世話になってます」

私はタケルとのなれそめを説明した。

「へぇー読書会で。本がきっかけってことか。それはよかったな。どうりで理香さん、綺麗になったたわ。忍ぶれど色にでにけり、っていうやつか」

「そんなことあるわけないじゃないですか」

私はムキになって反論した。

「まあええけど」

3人一緒になって店の片づけをしていると、由美子さんの携帯が鳴った。

「おとうさん、あ、主人のことな。着くのが遅くなるらしいから、片づけ終わったら、ちょっとあの店でコーヒーでも飲みながら話そか」

私とタケルは、由美子さんから、夫の昌弘さんの話を聞くことになった。

エピソード⑥　夫　昌弘《まさひろ》さんの話

主人は大企業のサラリーマンを辞めて、
一緒にうちの店をやってくれることになったんよ。
理香さんには何べんも話してるけどな。
そんな主人から、
商売について教わることが多いねん。
あれは、主人が会社を辞めてすぐくらいの頃。
まだ両親が生きていた頃や。
本の配達は、主人と私で手分けして、
いつもは自転車で行ってててんけど、
雨の日に2人でクルマで行った時のことや。
主人が自分が担当の家に、
ビニール袋に入れた本をポストに入れに行った。

その時、主人が家に向かってお辞儀してたんねん。
中に誰かいはったんかな。
そしたら手渡ししたらええのにと思ってたんや。
そしたら次の家でもまたお辞儀してる。
クルマに戻ってきたおとうちゃんに、
「誰かいてはったん？」と聞いてん。
そしてら主人は言うたんよ。

「あんな、世の中にはたくさん本屋があるんやで。
その中で小林書店を選んでくれて買ってくれたんや。
そしたら自然と『ありがとうございました』と頭下がるやろう」

と言いはってん。
私は、この人、ほんますごいなと思ってたん。
まだ会社辞めてすぐやで。

私なんか、それまでは、配達する時も、
自転車止めるか止めないかでポストにポンと入れてたのに。
あと、そうやって本を配達している家に、
月末、集金に行くのよ。
主人は必ず、配達のついでに集金はしないの。
午前中に配達して、一度戻ってから午後に集金に行く。
ちゃんと、シャワーして着替えてから行く。
「なんでわざわざそんなことするの？」って聞いたら、
こう言いはんねん。

「もちろん、本の代金ではあるけど、
大事な大事なお金をいただくんやで。
配達のついでに来ました、
みたいな汗臭い格好で集金に行けるか？
もちろん今日みたいな暑い日やったら、

またすぐ汗かくかもしれん。

それでも、自分の中では、一度家に戻って、シャワー浴びて着替えてから集金に伺う、という姿勢を見せるのは最低限の礼儀やろ」


何かいちいちこんな感じやねん。

すごいなあって素直に感心したなあ。

主人の口癖は昔から変わらへん。


「世の中、こんだけたくさん本屋があるんやで。

うちらが商売できているのは、
買ってくれるお客さんあってのことや。

それやったら、何べんでも何べんでも何べんでもありがとうございます！　と頭下げて言い続けることや。

どれだけ感謝しても感謝しすぎることはないで」

こういう商売人の基本の考え方は、
私は親からはもちろんやけど、
ほとんどをすべて主人から教わった。
それはすごい感謝してる。
そういや、こんなことも言われたな。
前にも話したと思うけど、
出版社の企画ものをぎょうさん売って
東京に招待されたことがようあったって。
最初の時。小学館の感謝会やったかな。
泊まりがけで、東京に招待されてん。
まだ私が30歳くらいの時かな。
子どもはまだ小さかったけど、
お母ちゃんに預けていくことにして。
うれしい半面、私は行く前から緊張してた。

実は東京も初めてやし、
ひとりで泊まりがけの旅も初めてや。
そんな私に、主人はこう言うてん。

「君は東京へ行って、
見ず知らずの人に囲まれて
初めて泊まるホテルで
行きも帰りも新幹線に揺られて
きっとものすごい疲れて帰ってくるやろ。
でもな帰ってきて玄関入ってくる時だけは、
満面の笑みを浮かべて言うんやで。
お母ちゃんありがとうな！　おかげで楽しかった！
と言うて帰ってきいや。
待っている方もしんどいんやで。
お母さんは孫の世話もして、店番して、ご飯も作ってくれはる。

そうやってしんどい思いをして待ってて、
君がしんどそうな顔をして疲れた言うて帰ってきたら、
どない思いはる？
しんどいのはこっちもや。
東京行ってしんどいねんやったら行かんといたらええやん。
きっとそう思いはるで。
そやから帰ってきた瞬間だけは、
疲れた、言うたらあかんで。
上がって部屋に入ったら『疲れた』言うて横になったらええから」

いやあ、これはほんまにそうやねん。
東京から帰ってきた時、
玄関に母親がいたから
「ありがとうな。子ども大変やったやろ？
でもおかげで、ものすごい楽しめたわ」

って言うてん。
そしたら母親は
「それはよかったな。来年もまた行けるように頑張りや」
って言ってくれた。
なるほどこういうことかとわかったわ。
確かに私が「疲れた」言うて帰ってきてたら、
母親はこんなふうな反応はしてなかったかもしれん。
まあ東京で目一杯観光して、ほんまに楽しかったんやけどな。
あと、東京に行く前にこんなことも言われたな。

「そんな大きなイベントをするには、
出版社の人たちはすごい大変な思いをして準備をしているはずや。
ホテルで相部屋になる人も、誰と合わせたらええかなとか、
いろいろ考えてくれているはずや。
そして当日、一番気にかけるのは、

担当の書店の人がちゃんと楽しんでくれてるかということや。
何か不満はないやろかということや。
君の担当の人もきっと思ってはるやろ。
小林さん、楽しんでるかな？　ポツンとひとりになってないかな？
それやったら、君がその感謝会に行って最初にやらなあかんのは、
受付で、今晩誰と相部屋になるのかをまず聞くことや。
それでその人のところへ真っ先に行って、
今晩、部屋をご一緒する小林です、言うて仲よくなるんや。
知らん人ばっかりやったら、
その人と仲よさそうに楽しそうに喋ってなさい。
そしたら、出版社の担当の人も、
あー、小林さんは楽しそうにしてはるわ、
友達できてんな、よかったよかったと思う。
そうやって、担当の人に余計な気を使わせないことも、
呼んでいただいた出版社への礼儀というもんやで」

こんなこと言えるなんてすごい人やと思わへん？
自分の夫やけど、尊敬してしまうわ。
出版社のイベントなんか、一回も行ったことないのにやで。
私なんか、主人からそう言われて初めて、
ああそういうもんかって気づいたくらいで。
言われへんかったらまったく気づいてないわ。
そうやって教えられることがいっぱいあるんよ。

実際、そうやって同部屋の方に挨拶したら、
すごい仲よくさせてもらうようになった。
それから、何べんも東京に呼んでいただく機会はあったけど、
最初に主人から言われたことは、ずっと覚えてる。
そやから尼崎に戻ってきたら、
留守番してもらった人に「ありがとう」言うて、

「おかげで楽しかったわー」と言うようにしてるねん。

その後、主人と2人になってから
私は東京であったことを、
ぶぁーってマシンガンのように喋るねん。
それを主人は、ふんふんよかったなあって、しっかり聞いてくれるねん。
主人も仕事で疲れているはずやのに、夜中になっても聞いてくれる。
友達からも、あんたはええダンナさんもらって幸せやなあ、
ってよく言われるけど、ほんまにそうやと思うわ。

ちょうど、由美子さんの話が終わるのを見計らったように、昌弘さんが現れたので、私たちは挨拶だけしてそこでおいとますることにした。

駅までの帰り道、タケルは感心したように言った。

「いやーすごいな」

「すごいやろ」

2人で会話する時、感情が高ぶっている時は、お互いエセ関西弁になる。

「由美子さんの語り口調もすごいけど。男からすると、昌弘さんの語る言葉がいちいちカッコええやん。あんなんよう言わんわ」

「そりゃそうや」

「でも、絶対いつか言えるようになったるわ」

そう言うタケルに、私は「いつかっていつだろう」って想像した。

その時、私は彼の隣にいるだろうか？

「『ホンコン〜書店で本の合コン』か、おもしろいことを考えるね、大森さん」

文越堂書店堂島店の柳原店長は、私の企画書を見て開口一番そう言った。

「ホンコン……私も出たいかも」

アルバイトの雅美さんも乗ってきてくれる。

「本を媒体にすると、自然に会話も弾むようになると思うんです」

私は、犬村倶楽部での体験を話した。

多くの人がお金を出してまでも、本を語るために集まってくるということを。そして、本を媒介にしてお喋りした人間は仲よくなりやすいということも。実際、犬村倶楽部では多数のカップルが生まれ、20組以上が結婚にまで至っているということも。もちろん、私とタケルのことは話さなかったが。

「へぇーすごいね。でも、どうして普通の読書会にしなかったの？」

「そのままマネしても犬村倶楽部の二番煎じです。何かひとひねりないと悔しいじゃないですか？」

「それはそうやわ」と雅美さんが同意してくれる。

「あと、書店で本を使った合コンを実施するとなると、話題になるし、メディアも取り上げてもらえそうじゃないですか？」

実は、この「書店で本の合コン」というアイデアは、タケルが一緒になって考えてくれたものだった。

私が文越堂書店に読書会を提案するつもりだと話したら「それやったら犬村倶楽部の二番煎じや。何かひとひねり加えんと」と言ってくれた。そして2人でアイデアを練り上げたのだ。

私はまるでひとりで考えたように企画の説明をした。

「普通の合コンは、第一印象の見た目から入るじゃないですか？　ホンコンは、本から入ります。本の趣味で相手を選んで、その2人で話をするんです」

「なるほど。外見とかスペックやなくて、持ってきた本のセンスで相手を決めるというわけか。おもろそうやな」と雅美さん。

「参加者全員に1冊ずつ愛読書を持ってきてもらいます。男性女性に分かれて、テーブルの上にそれを並べるんです。たとえば、まず男性が女性が本を並べたテーブルに行き、自分がこの人と話してみたいという本を1冊ずつ選ぶ。で、その相手と15分間喋る。そして次は男女を入れ換えて同じことを繰り返す」

「確かにおもしろいけど、うちの店に何かメリットがある？」

「柳原店長は必ずそうおっしゃると思ってましたので、それもちゃんと考えてます。15分のお喋りタイムが終わったら、本を選んだ方が、その相手が好きそうな本を店内で探して買ってきてそれをプレゼントするんです」

「なるほどね。そこで売上があがるというわけか」

「男女入れ代わっても同じ相手を引き当てたら、メチャ相性抜群ということやね？」

「それは運命の赤い糸で結ばれてるってことかもしれません」

「ええなあそれ」と雅美さんが実感をこめて言った。

「男女の人数が合わなかったら？」

「そんな場合は、チームを男女ゴチャまぜにするのもありかもです。別に男と男が、女と女が本について語ってもええわけやし。ジェンダーフリーで。性別を気にしない合コンも、ニュース性があるかもです」

「で、最後はどうするの？」

「それはおまかせで。連絡先を交換するのもよし。その場で終わるのもよし」

「確かに話題になるかもな。大森さんはヒットメーカーだし、やってみるか」

柳原店長のひと言で、「ホンコン～書店で本の合コン」の企画は、文越堂書店堂島店で実施されることが決まった。

ゴールデンウィークが明け、大阪生活は2年目に突入した。

「ホンコン〜書店で本の合コン」は、いろいろなメディアに取り上げられた。会場も盛り上がり大成功をおさめた。

本というのは、単にひとりで楽しむだけでなく、コミュニケーションのツールとしてもとても優れているということを改めて実感した。もっと追求していけば、社会を変えるビジネスモデルが生まれるかもしれないと思った。

そういや、新人研修で同期の御代川さんが言っていた「本を起点としたソーシャルビジネス」という言葉を思い出した。彼女どうしてるかな？　今度一度連絡してみよう。

もちろん、楽しい企画を考えるだけが営業の仕事ではない。地道な仕事の方が多い。

そもそも取次の役割は、出版社と書店の間をつなぐ仕事であるから、基本は黒子で目立たない存在だ。私たち営業担当が言われるのは、何よりまず数字だ。各書店ごとに売上目標や利益目標があり、それをどれだけ達成できるかが評価に関わってくる。

就業時間は9時からだけど、基本30分前までにはデスクに着く。まずやるのは前日のPOSデータの確認だ。売れ筋の本を知る意味あいもあるし、各書店ごとの売上状況を確認するという意味あいもある。

たとえばある書店の文庫の売上が前年に比べて大きく落ちているとする。するとPOSデータでなぜそうなったかの仮説を立てる。新刊が悪いのか既刊が悪いのか。たとえば新刊の落ち込みが大きかったとしたら、文庫の平台の鮮度が落ちているのかもしれない。既刊が悪いのだとしたら、棚に動いていない在庫が多いのかもしれない。そんなふうに自分なりの仮説を立ててから、実際に書店の棚を見に行く。

仮説通りだなと思ったら、「こんなふうに改善したらどうでしょうか?」という提案を書店にぶつける。

1年目の時は提案のほとんどがスルーされた。口に出して言うか言わないかは、その書店の担当者のカラーによるが「そんなこと言われんでもわかってるわい」ということだろう。ところが最近は「なるほど」と採用してくれることが多くなった。自分ではあまり実感しないが少しは成長しているのかもしれない。データを見てあれこれ考えている間は電話は保留にしておき、つながらないようにする。

なぜなら9時になり、保留を解除した瞬間、書店からの電話がじゃんじゃんかかってくるからだ。書店と取次の間でのやりとりはまだまだアナログだ。

内容は多岐にわたる。朝、ダンボール箱を開いたら雑誌の角が折れていたという苦情から特に急ぎでないような本の注文など。それに一つひとつ対応する。たとえば雑誌の角が折れていたという苦情であれば、雑誌センターに電話をかけ予備があれば書店に送るといった感じだ。

書店が開く10時頃になると、できるだけ外に出て書店に行くように言われる。営業がオフィスにいてもお金は稼げない、というのが大阪支社の伝統的な考えらしい。

自分の担当書店ではなくても、大阪帳合の新店のオープンの前には、支社をあげて手伝いに行くこともある。書店のスタッフとともに、大阪社員も一体になって棚を作り上げていく。これは完全に肉体労働だが、チームでひとつのものを作り上げたという達成感は大きかった。

『百年文庫』は、23巻まで進んだ。

テーマは「鍵」。

収録されている作品は、H・G・ウェルズ『塀についたドア』、シュニッツラー『わかれ』、ホーフマンスタール『第六七二夜の物語』。

いずれも、不思議な雰囲気を持った作品だ。特に『塀についたドア』には惹かれた。

主人公は、幼い頃に、「真っ白な塀についた緑のドア」の中に入ったことがあり、その中は「歓喜にあふれるような幸福な場所」だった記憶がある。その後、人生の分岐点でそのドアは現れて、彼を誘惑する。しかし彼は惑わされずにそのドアに入らずに人生を続けた。

そして高名な政治家となった主人公の前に、またあの「緑のドア」が現れて、さてどうする？　というストーリーだ。

入社して大阪に配属されたのは、私にとって新しい扉を開き、その中の新しい世界に足を踏み入れたようなものだった。

配属が決まった時は目の前が真っ暗になった。でもそのおかげで、小林書店の由美子さんに出逢えた。そして仕事で大切なことを学べた。もちろん大阪大阪支社の上司や同僚にも、文越堂書店堂島店の柳原店長や雅美さんにも、その他担当する多くの書店の方々にも出逢えたことは、私の人生の宝だ。

そしてタケルとも出逢えた。

もし、あのまま、東京本社に配属されていたらどうだっただろう?

おそらく、ただ目の前の仕事を作業のようにこなすのが精一杯で、仕事や人生や本のおもしろさを何ひとつわからないまま、社会人2年目に突入していたことだろう。

タケルと会うと、必ずのように書店でどんな企画やフェアを実施したらおもしろいかの話になった。私たちはこれを「作戦会議」と呼んだ。

「作戦会議」から生まれた企画は、文越堂書店堂島店に提案する。

その頃になると、柳原店長も「大森さんの提案ならとりあえずやってみようか」と言ってくれるようになっていた。前年対比100%いけば御の字の書店業界にあって、文越堂書店堂島店は前年から売上を大きく伸ばしていたからだ。

その中から出てきた企画で、ヒットしたのが「○○沼読書会」というものだ。「○○」にははまっている「作家」「アーティスト」「ジャンル」などが入る。

要は、それらの熱狂的なファンが集まる読書会だ。

第1回は「ハルキ沼読書会」にした。

村上春樹ファンが自分が推す本や好きな登場人物などについて語る読書会だ。これには募集定員の何倍もの応募者が殺到してものすごく盛り上がった。推し本グランプリは、予想通り『ノルウェイの森』が選ばれた。好きな登場人物総選挙は、僅差で『ノルウェイの森』の緑を抑えて、『海辺のカフカ』のナカタさんだった。

その様子は、関西のメディアで数多く取り上げられた。

さらにこのようなイベントで取り上げられた本をコーナーにまとめて、一過性で終わらせない工夫もした。

ヒット企画が続いたことで、私は出版業界紙『新文化』の一面で大きく取り上げられた。

社内で「よっ、ヒットメーカー」と声をかけられることも多く、そのたびに「もう、勘弁してくださいよ」などと恐縮してみせていたが、そう言いながら実はちょっといい気になっていたかもしれない。

ある日、昼休みから戻ってくると、中川係長が質問してきた。

「海老江《えびえ》にあるイシイ書店、最近行ったか？」

「いえ、半年くらい伺ってません」

「そうか」

中川係長は少し間をあけてから言った。

「店、畳むらしいわ」

「ほんとですか？」

私はすぐに海老江に向かった。

ショックだった。

もちろん、イシイ書店が店を畳むこともそうだったけど、担当営業の私がそれを知らなかったことに対して。文越堂書店の企画にかまけて、その他の町の小さな書店に目配りできてなかったことに対してだ。

イシイ書店に着くと、店主の石井のオッチャンは、私の顔を見ると、いかにもすまなそうに謝ってきた。

「ごめんなあ。担当の大森さんに一番に言わなあかんねやろうけど、電話かけたら出てくれたんが中川さんやったさかい」

「こちらこそ、お力になれずにすみません」

「何十年もカツカツでやってきたけど、もう歳やし。潮時かと思てなあ。どっちにしても、こんな店継いでくれる人間もおれへんしな」

そう言うと、石井のオッチャンは淋しそうに微笑んだ。

「そういや『新文化』見たで。そや、大森さん、うちの店継いでくれへんか？」

私は、何も返す言葉がなかった。

駅までの道、私は自分を責め続けた。

私はその足で小林書店に向かった。

由美子さんは私を見て言った。

「どうしたん？　顔が真っ青やで」

私は、イシイ書店のことを話した。

「そうか」

由美子さんはそう言うと、少し間をあけてから言った。

「店を畳むことは仕方ない。そやかて、商売というのはそういうものや。うまくいく時もあるし、いかん時もある。そやから仕方ないのは仕方ない」

そこで一呼吸おいてから、付け加える。

「そやけど、私ら小さな書店にとっては、取次の存在は特別なんや。それだけは忘れたらあかんで。そういやこの話まだしてなかったな？」

由美子さんは、ある書店のエピソードをゆっくりと話し始めた。

エピソード⑦　本屋にとって取次は親

もう何年も前のことや。
尼崎で60年続いた小さな書店が
店を閉めることになったんよ。
いろはに堂書店っていうねんけどな。
80代のお母さんと60代の息子が
2人で経営していた店や。
お母さんが店番して、息子さんが配達に行って。
息子さんには奥さんもいるけど、
本屋の経営には関わってない。
お母さんも歳をとってきて、限界を感じたんやろな。
それはそれで仕方ない。
うちだっていつまで店やれるかわかれへん。

土地とか財産とか持ってへん町の本屋は、
多かれ少なかれ似たような状況やろう。

そやけどな、ちょっとだけ腹が立つことがあってん。
それは、いろはに堂が閉店するというのに、
大阪のお偉いさんが、誰も挨拶に行ってないということや。
そりゃ担当の子は事務的な手続きがあって行ってるで。
でもお偉いさんたちが、そのことを知ってるかどうかも怪しい感じや。

ちょうどいろはに堂が閉まる数日前の土曜日のことや。
当時の大阪の部長は、田木さんという人で、
東京に転勤することになって、
その送別会を書店の有志でやった。
堂島の地下の店やったかな。
で、田木さんがみんな一人ひとりに挨拶に来て、

私の前にも「お世話になりました」と来た。
もちろん、「こちらこそ」言うて、
明るく送り出してあげるのが常識やと思うで。
でも私は、どうしても我慢できなかった。
文句のひとつも言わないことには、胸のつかえがおりひん。
言いたいこと言わせてもらうことにしたんや。

「なあ田木さん。
月曜に東京へ転勤する部長さんに、
こんな場でこんなこと言うのはどうかと思うけど、
やっぱり言わせてもらうわ。
田木さんはこうやって毎日のように送別会やってもうてるけど、
誰からも『お世話になりました』『ありがとうございました』と
言われることもなく、ひっそり店も畳む本屋さんもあるんやで」

すると、田木さんは
急に酔いが冷めたような顔になって。
「その店、どこにあるんですか?」と聞いてきた。
やっぱり知らんねや。
ひょっとしたら一回も行ったこともない。
田木さんは、転勤してきて2年ほどしか大阪にいてなかったから、
そんな小さい店のこと知らんかっても仕方ない。
仕方ないねんけど、なんか釈然とせえへんかってな。
もうそう思ったら、自然と涙が出てきて。

「知らんってそんなことある?
私ら小さな本屋にしてみたら取次は親みたいなもんやで。
親から見捨てられたら生きていかれへん。
取次のおかげで何とか店やってるんや。
そやのにそんな店があることも知らない。

こうやって大阪の偉いさんが転勤するというと、
いろんな人から送別会やら歓迎会をしてもらえる。
そやのに大阪一筋で本屋してきた人が店畳むいうのに、
大阪の部長さんは、そんな店があることも知らん。
60年も続けてきた店を閉めるいうても挨拶もない。
『ありがとうございました。お力になれずに申し訳ありませんでした』
くらい言いに行ってもバチは当たれへんのちゃう?」

田木さん、もう顔面蒼白で、言葉も出えへん。
私ももう涙がボロボロ出てきて
「ごめんなごめんな。こんな場所で言うことちゃうやんな」って、
何べんも何べんも言いながら。

実は私の父親が亡くなる前に、
最後に言うた言葉があるんや。

どんな言葉やったと思う?
「大阪への支払いちゃんとしてるか?」
という言葉やってん。
人生が終わるという時に、取次への支払いを気にしてたんや。
小さな本屋にとって、取次は親同然や。
そやのに、取次は、小さな本屋のことなんか子どもやとも思てない。
そういうのを見せられて、カーッと来てんやろな。

で、その送別会が土曜日やってんけど、
月曜の午前中に田木さんからメールがあった。

「いろはに堂書店さんに、さっき挨拶に行ってきました。
実はもう一軒大阪で閉める店があったんで、
これからそちらにも挨拶に行ってから
新幹線で東京に向かいます。

本当にありがとうございました。
東京に行っても、
小林さんに教えてもらったことは一生忘れません」

って書いてあったんや。
やっぱり言うてよかったなと思った。
そのあと、いろはに堂さんの担当の子からも電話があって。
「さっき、いろはに堂さんに行ったら、
お母さんが店からころげるように出てきてはって
部長さんが、大阪の部長さんが挨拶に来てくれはった。
もうこれでいつやめてもいいわ言うてました」
それ聞いてまたうれしなった。
空気読まずに、キツイこと言うてよかったわって。
ほんとに思ってん。

そこまで話すと、由美子さんは黙った。

しばらくの間、沈黙が流れた。

「そういうことなんですね」

私の口から思わずそんな言葉が出た。

由美子さんは、私の言葉に続けて言った。

「そういうことやねん。ほんの些細な言葉で、私たち小さな本屋は今までの苦労が報われる。そういうことやねん。ほんまそういうことやねん」

由美子さんは「そういうことやねん」という言葉を何度もかみしめるように言った。

「うちも店を畳む時には考えていることがあってな」

「そんな縁起でもないこと言わないでください」

「いや、私も歳やし、こんな小さい店、そのうちなくなると思てんねん。でもなくなる時は、知らん間に貼り紙だけで知らせるというのは嫌や。たとえば紅白の幕とか張って、日本酒の樽置いて、振る舞い酒をするんや。ここで70年も本屋やらしてもらいましたが、今日で終わりです。さあ、飲んでいってくださいてな」

「いいですね、そういうの」

「ええやろ？」

「いや、やっぱりよくないです。まだまだ頑張って店を続けてもらわないと」

「心配せんでももうちょっと頑張るわ」

由美子さんはそう言うと、静かに微笑んだ。

私は、会社に戻ると、椎名部長にイシイ書店に挨拶に行ってもらうようにお願いした。

数日後、私は、椎名部長、中川係長とともに、石井さんに挨拶に行った。オッチャンはとても喜んでくれた。それでも私の心は晴れなかった。

『百年文庫』は27巻の「店」。石坂洋次郎『婦人靴』、椎名麟三『黄昏の回想』、和田芳恵『雪女』の3篇。いずれも店舗を舞台にしたストーリーだ。『婦人靴』は靴屋の住み込み見習い職人の主人公が、雑誌でペンフレンドを募集して女性と文通が始まり、彼女に作ったことのないハイヒールをプレゼントするというストーリー。そして……。

若いっていいなと思った。まあ、私もそこそこ若いか。

季節は秋から冬になろうとしていた。

ある日、奥山支社長から呼び出された。

ちょっと緊張しながら、部屋のドアをノックした。

「はいっ」

いつものようにかなりイラッとした野太い声が返ってくる。

「失礼します」とおそるおそるドアを開き、部屋に入った。

見えたのは、やっぱり広げられたスポーツ新聞。

そこから顔を出したのは奥山支社長だ。

相変わらず、渋い・黒い・メチャ恐い。

でも、大阪支社初日のようにビビったりはしない。なぜなら見た目は恐くても、支社長が意外にやさしく照れ屋でカワイイことを知っているからだ。

「おう、まあ座って」

私は応接セットのソファに座った。

支社長は私の向かいの席に座ると言った。

「大森は入社してどれぐらいたった?」

「1年半くらいです」

「そうか。早いもんやな」

「はい」

「今度、東京本社に新業態書店開発部というセクションができるんや」

しんぎょうたいしょてんかいはつぶ?

音で聞いても、意味が耳に入ってこなかった。

「大阪がまったく違う書店を作るらしいわ。今までにない新しい発想で」

「はい」

「何のために作ると思う?」

「全国の書店のお手本になるためですか?」

「わかっているやないか」

そんな店なんてうちの会社が作れるんだろうか? と、ぼんやり思った。

「でや、その部の担当役員からうちに連絡があったんや。なんやと思う?」

私は首をひねった。

まったく想像がつかなかったからだ。

「大森さんを欲しいっていうねん」

意味がよくわからなかった。

そんな私に、奥山支社長はちょっとイラッとした感じで言った。

「そやから、その新業態書店開発部のスタッフとして、君に加わってほしいということや」

「私をですか?」

「そうや。指名やで。大抜擢や。甲子園も出てない無名校の控えのピッチャーを巨人がドラフト1位で指名したみたいなもんや」

そのたとえはよくわからなかったが、私は素朴な疑問をぶつけた。

「なんで私なんですか?」

「それは本社に聞いてくれ」

「でも」

「東京にはよっぽど人材がいてないんちゃうか」

「そうなんですか？」

「アホ、冗談や。それは大森さんが文越堂書店で斬新な企画をいろいろ成功させたからやろ。純粋にその企画力が欲しいということちゃうか」

私は何も言えなかった。

「もちろん、大阪支社にとっても、ようやく半人前くらいになった社員を東京にはやりたない」

「はあ」

「やりたないけど、どうしてもくれって言うんや。会社のためにも大森さんのためにも、ここは涙をのむしかないやろ」

自分のことを話しているように思わなかった。

「おめでとう。東京転勤や。うれしいやろ？」

うれしいのだろうか？　私にはよくわからなかった。

「それって決定なんですか？」

「1月1日付けや」

「ということは……」

「年末までこっちで引き継ぎをしてもらって、年明けからは東京に出勤してもらうことになる」

支社長室を出ても、実感がわかなかった。

新入社員の頃だったら大喜びしただろう。何をおいても東京に戻りたかった。

しかし、今の私は東京に戻りたいのだろうか？

転勤になると、由美子さんとも頻繁に会えない。

もちろん、タケルとも。

遠距離なんて成立するんだろうか？

それに、大阪の同僚とも、文越堂書店堂島店の柳原店長とも雅美さんとも他の大勢の小さな書店のオーナーとも会えなくなってしまう。

頭がぐちゃぐちゃになった私は、仕事が終わった後、小林書店に向かった。

由美子さんの顔を見ると、思わず込み上げてくるものがあった。私はそれがこぼれないように懸命にこらえた。

そんな私を見て、由美子さんは驚いた表情で言った。

「どうしたん?」

「由美子さん。私、東京に転勤するみたいなんです」

「するみたいって、何や。他人事みたいな言い方するな」

「東京本社で新しいコンセプトの書店を作るセクションができて、私が配属されることになって。まるで自分のことじゃないみたいで」

そこまで話すと、堤防が決壊してしまい、涙が溢れ出てしまった。

由美子さんは私が落ち着くのを待って、静かに言った。

「よかったな」

「よかったんですか?」

「だってそれは理香さんの働きぶりが認められたということや。見てる人は見てるということや」

「でも自分ひとりでやったことなんて何ひとつないんです。誰かがいるからできたことばかりで」

「それはそやろ。それは忘れたらあかん。それでも自分が認めてもらえたということは素直に喜んだらええんとちゃうか?」

確かにそうかもしれない。

「理香さんが、全国の書店の見本になるプロジェクトに抜擢されたやなんて、私までうれしくなるわ。東京で頑張るんやで」

「でも私……」

「そや、泥棒に入られた話したっけ?」と由美子さんは唐突に切り出した。

「泥棒?」

「何年前やったかな。泥棒に入られてん。あの時ほど、まわりの人たちに感謝したことはなかったな」

由美子さんはそう言うと、うれしそうに泥棒に入られた話をし始めた。

エピソード⑧　泥棒に入られる

あれは12月の終わり。
確か27日のこと。
うちはこの店の3階で寝てるんよ。
2階に台所とお風呂やトイレがあって。
で、夜中3時頃、お父ちゃんがトイレに行ったら、
様子が変なことに気づいてん。
台所の水屋の引き出しが全部ちょんちょんと開いてる。
テーブルの上には配達袋が乱暴にぶちまけられていた。
「起きて！　えらいことや」
その声に起こされて、
私も2階に降りていった。
台所だけやない。

隣の和室を見たら仏壇も箪笥《たんす》も引き出しが
全部ちょんちょんちょんちょんと開いてる。
「泥棒や」
2人であわてて店に降りていった。
そしたら案の定、
店も引き出しという引き出しが
ちょんちょんちょんと開けられてあった。
ちょっと開けて金目のものがあるか見るんやね。
2階にはお金は置いてなかったんやけど、
まんが悪いことに1階には前の日の集金が置いてあってん。
夜遅くなったから銀行に行かれへんかって。
お正月間近やから子どものお年玉、お釣りの百円玉なども用意してた。
合計70万円くらいかな。
全部なくなってた。
私はへなへなと腰を抜かしたようにその場に座り込んでしまってん。

「どうしようどうしよう……明日が支払いなのに……」
そしてちょうど次の日が大阪の支払いやってん。
お父ちゃんは、すぐに１１０番して警察も来てくれた。
そしたら急に、銀行の通帳のことを思い出した。
店に通帳も置いてあってん。
「通帳！」と思わず口に出して探そうとしたら
刑事さんにすごい勢いで止められた。
「奥さん、触ったらダメです。
現場検証が全部終わるまで待ってください」って。
そんなん言うても気になるやん。
預金までおろされたらえらいことや。
それで、朝になるのを待ってとりあえず預金を止めた。
そしたら通帳は一式出てきた。
あと図書カードもお正月用に仕入れた15万円分、
まったく手つかずで残っていた。

やっぱり足がつきそうなものは持っていかへんねんな。
しかし現金は1円残らず消えていた。
えらいことや。
明日は大阪の支払い日。
年を越されへん。
妹に電話し、事の次第を説明した。
「あるだけ、お金をかき集めて持っていくわ」
とはいえ、妹にそこまでお金が集められるわけもないしなぁ……。
そう思ってたら、
ちょうど大阪の奥山支社長と椎名部長たちが
年末の挨拶に来てくれてん。
言いたくないけど言わなしゃあないし、
そしたら、みんな絶句して、
その後、本をいっぱい買ってくれんの。
「小林さん、僕らにできるのはこんなことだけや」って。

もう、私、なんて言葉を返したらええか……。

その後も、大阪の人が次から次へと現れて、
本買っていってくれんねん。

どうやら奥山支社長が「これは絶対強制とちゃうからな」と
言ってから、私のこと話してくれたみたいで。

またちょうどその時、
高校の先輩から、偶然、電話がかかってきたんよ。

私、気が緩んでしまったんか、
泥棒が入った話をしているうちに、涙が止まらへんようになって。

「元気出しや、怪我せんかっただけでもよかったやん」

電話の向こうの声が温かく響いた。

そうだ、本当にその通りだ。

その日のうちに、先輩や同級生たちがどんどん店にやってきて。

「図書カード1万円くれる？」

「図書カード3万円くれる？」

みんな私のために買いに来てくれたんだ……。

でも、みんなにとって、図書カードなんて必要ないだろう。

「みんな、無理せんでええねんで」

私は皆の気持ちはうれしいねんけど、申し訳なくてなぁ。

「図書カードやったらお年玉でも何でもできるし、
いつでも使えるから、ちょうど欲しかってん」

そんなことあるわけないやん。
あるわけないけど、そう言うてくれてんねん。
その後も、図書カードを買いに来る人は途絶えず、
なんと、図書カードは売り切れてしもたんよ。
そしたら、こんなこと言うて買っていってくれた人もいた。
「ほんなら別に急げへんから、年明けでも……お金だけ払っとくわ」
こういう人らのおかげで

大阪への支払いもなんとかできて、無事、年を越したんよ。

年が明けてからも、
泥棒のことを知った人たちが次から次へと来て、
大人買いしてくれてなあ。
ほんと、ありがたいしか言葉がなかった。
泥棒に入られた時は、
目の前が真っ暗でもう死んだ方がマシや、
くらいに思ってたけど、
みんなのおかげで、人の温かさを知ることができたんよ。

なぜ、その時由美子さんがそんな話をしてくれたのか理由はわからない。ただ私は、立花から大阪へ戻る電車の中で東京本社に行く腹が固まった。

その年末、私も人の温かさをたくさん知ることができた。2年にも満たない大阪生活だったが、こんなにありがたいと思ったことはなかった。

年が明けて、私は東京で働くことになった。

実家には戻らず、ひとり暮らしをすることにした。

渋い書店が多いという中央線の西荻窪駅付近に部屋を探した。

本社の新業態書店開発部の仕事は楽しかった。

今までにない書店の形を作って、全国の書店のロールモデルになるという目標のもと、7人のプロジェクトチームの一員になって企画を進めた。

私は最年少だった。

毎日のようにアイデアを持ち寄り議論を重ねた。毎日が作戦会議で、私にとっては夢のような環境だった。

そして2年半後、私たちが手がけた初めての書店が原宿の外れに開業した。原宿駅から北参道・千駄ヶ谷方面に少し行ったところ。最近、奥原宿などと呼ばれ注目されつつあるエリアだ。

書店の名前は「本座・原宿」。

コンセプトは「プロジェクト参加型の書店」。

ここでは、書店員もお客さんも一緒になってプロジェクトに参加して店を盛り上げていくのが決まりになっている。

大阪での経験で一番学んだのは、人は「熱」がある場所を「快」と感じるということだ。逆に「熱」がないところに人は集まらない。「熱」を生み出すためには、人の気持ちが乗っかる必要がある。もちろん店側のスタッフの気持ちも大切だが、お客さんの「本気」がそれに乗っかると、さらに店は熱くなる。

だから「本座」では、お客さんに自ら主体的に参加してもらうことで、「熱」が生まれる仕掛けをいくつも考えた。

会費を払ってメンバーになれば、客員書店員としていろいろな活動に参加できる。書店員の体験をしてみたいという人が意外に多いことから実施したものだが、予想を上回る多くの人が参加してくれた。

　今では、「フェア部」「イベント部」「ＰＯＰ部」「ＳＮＳ部」「オリジナルグッズ部」などに分かれていろいろな活動をしてもらっている。

　本来ならば、こちらがお金を払って頼まなければいけないような仕事を、多くの人が嬉々《きき》としてやってくれているのだ。デザイナー・イラストレーター・フォトグラファーなどのクリエイターも何人もいて、店内のＰＯＰやポスターはもとより、オリジナルグッズの開発にも携《たずさ》わってくれている。本人たちにとっては、作品の発表の場にもなるので、メリットがあるのだ。

　実際、あるイラストレーターが手がけた哲学者のイラストと名言が書かれたＴシャツは、かなり売れた。それを見た編集者から、本のイラストの仕事につながって、彼は今やかなりの売れっ子になっている。

　またニッチな趣味のコミュニティの場としても活用してもらえる工夫をした。小規模な集会ができる部屋をいくつも作った。コミュニティの中にひとりでも客員書店員がいれば、これらの部屋は自由に使うことができるのだ。

　文越堂書店堂島店で実施した「沼読書会」を通じて、ニッチな趣味を持っている人ほど、共通の趣味を持った者同士が集まる場に飢えていることを実感した。

書店はそのハブになれる可能性が大いにあると思う。なぜなら、その趣味に関連する本が必ずあるからだ。会合が実施される日に、関連する書籍をかなりマニアックなものまで仕入れて揃えておけばいい。ありがたいことに、沼にはまった人は、それに関連するジャンルの本やグッズを買うことに対して金に糸目をつけない。自然に売上につながる。

書店はさまざまなニッチな趣味にはまっているオタクな人たちと、とても相性がいい。

他にも、さまざまな形で、お客さんがプロジェクトに参加してもらえる仕組みを作った「本座・原宿」はさまざまなメディアに大きく取り上げられ、おかげで多くの人に来てもらえている。今のところ、成功だと言えるだろう。

私たちのチームの次の課題は、ここで得た知見を、全国の書店にどのように広げていくことができるかだ。

私は日々考えている。

この中で町の小さな書店でも、できることはなんだろう?

そもそも私たちの会社は「出版取次」と呼ばれている。しかし出版社と書店の間を「取り次ぐ」だけでよかった時代はとっくに終わっている。
大阪支社時代、奥山支社長が朝礼で「これからは『取り次ぐ』やなくて『つなぐ』や」と何度も話していた。当時はピンとこなかったが、最近「つなぐ」ということについて考えることが多い。大阪の社風もここ数年で一気に変わった。昭和の会社から、もうすぐ発表される新年号にふさわしい会社になりつつある。書店とお客さん、書店と出版社、それ以外にも「つなぐ」べきものはいっぱいあるように思う。

まもなく、新幹線は新大阪駅に着く。
私は先程読み終えたばかりの『百年文庫』の100巻目をぎゅっと握りしめた。
テーマは「朝」。田山花袋『朝』、李孝石『そばの花咲く頃』、伊藤永之介『鶯』。
いずれも少しだけ夜明けを感じる3篇だ。

東京に引っ越してからはペースが落ち、この日ようやく最後まで読み終えることができた。それにしてもよく全巻読み通せたものだ。

新大阪駅に降りると、私は大きく深呼吸した。3年ぶりの大阪の空気だ。

初めて来た時はあんなに恐かった場所だが、久しぶりに来ると懐かしさしかないのが不思議だ。

それでもエスカレーターは無意識に逆の左側に乗ってしまった。大阪にいる時にはマスターしていたはずなのに、すっかり元に戻ってしまっていた。習慣はおそろしい。

在来線に乗り換える。

女子高生たちが喋る大阪弁が新鮮だ。

大阪駅では降りない。

今日、来たのは出張ではないからだ。

電車は尼崎駅を越えて立花駅に到着する。改札を出ると少し急ぎ足で商店街を進む。

そう私は、今日、小林書店に向かっているのだ。

3年ぶりの立花商店街だが、あまり変化は感じられなかった。
それでも小林書店が近づいてくると、胸がドキドキする。
由美子さんに話したいことはいっぱいある。
しかしまずは一番重要な報告をしなければならない。
タケルと結婚すること。
そう、私が東京に異動してから半年後、タケルも東京本社に転勤になった。
そのままつきあって、先月、結婚することを決めた。
再来月にささやかな結婚パーティを行うことになった。
その引き出物として『百年文庫』を出席者に1冊ずつ贈ろうということ。
次にその本を小林書店から買いたいこと。
それさえ言い終えたら、今日の任務は完了だ。

やがて商店街のアーケードを抜けた。
さらにすすむ。
ドキドキしてきた。

見覚えのある青いテントが見えてきた。

「いらっしゃい」

由美子さんは店の前に出て、私を待ち構えていてくれた。

この3年間。由美子さんが東京に来た時に何度か会った。それでも、この前に会ったのはもう1年近く前になる。

店内に入る。懐かしい匂いだ。

私は、まず自分が今日伝えるべき用件を手短に話した。

「ひょっとしたらその報告ちゃうかと思ててん」と由美子さんはとても喜んでくれた。

『百年文庫』の件も、出版社にかけあってくれるという。

こうして私は、任務を完了した。

すると、由美子さんはそれを待ち構えていたように言った。

「理香さんと会わない間に、小林書店と私に、いっぱいうれしいことや腹立つことが起こってん。ちょっと長くなるけど、聞きたい？」

「もちろん」

そうなると思って、今夜は尼崎にホテルを取っている。
こうして、由美子さんの長い長い長い話がまた始まる。

5年後、あの日の続き

そうか、あれからもう5年か。

コロナもあったしな。

息子さん、もう3歳？　大きなったな。

どっから話そかな。

理香さんがこの前訪ねてくれた時から1か月後くらい。

忘れもしない、2019年4月1日。

主人が倒れてん。

前日の3月31日は普通に傘売りに行ってた。

車で迎えに来てくれた時に「足がだるい」って何度も言うから明日になっても治らんかったら病院行こかって言うてたんや。

小林書店には毎朝4時20分に取次からのダンボール箱が届く。

もちろん中身は、雑誌や本や。
早い時間やから殆どの本屋は運送会社の配達員に鍵預けておいて、
勝手にダンボール箱を店の中に入れておいてもらうねん。
せやけど主人は、それでは配達員の方に失礼や言うて
毎朝4時に起きて店開けて「おはようございます」と出迎えててん。
そんなん私はようせんからいつも眠ってたけど。

そやのに4月1日の朝、主人は起きあがられへんかった。
「足がたたん足がたたん」言うてその場でくずれ落ちた。
とにかく慌てて救急車を呼んだ。

救急車の中でみるみる左半身が動かんようになって。
病院に着いてお医者さんからは
「進行性脳梗塞です。
早く発見できたので命に別状なく手術の必要もありませんが、

リハビリしても一生車椅子になることは覚悟してください」
と言われた。

私が一旦家に戻って入院の準備をして病院に戻ったら
主人は集中治療室から出て病室に運ばれてた。
私が入って行ったら手を出しながらボロボロボロと泣いて
「僕は君を助けるために働いてるのに
足を引っ張ることになってごめんねごめんね」って言うねん。

その言葉を聞いて私は思った。
これまでもいっぱいいっぱい教えてもろたのに何いうてんのん。
たとえ私はもう一生何もできなくなって
この人の看病するだけの人生になってもおつり払わなあかん。

「もう店はやめよ」と本気で思った。

そもそも店の伝票は主人がパソコンから出力してた。
伝票が出力できなかったら明日からすぐにやっていかれへん。
配達先も名簿とかなくて全部、主人の頭の中にあったし。

そやけど家に戻って「店やめる」と言うたら娘が猛烈に反対した。
「今すぐやめたらお父さん、自分のために店を閉めたと責任感じる。
自分で自分を責めるやろしリハビリの目標もなくなってしまう。
幸い頭はしっかりしてるし、ちゃんと喋れる。
私が手伝うから、お父さんから教えてもらってしばらく続けよ。
せめてお父さんが退院するまでは」

その足で娘はノートもって病院に向かって、
主人から伝票の出力方法から配達先の情報まで全部聞いてきた。
それで夕方、娘がパソコンに立ち向かってると
なんと伝票が印刷できてん。

「これは明日も店続けろってことかな？」
「そやでお母さん。お父さんが帰ってくるまでがんばろ」

翌日からは午前中は店休みにさせてもらって
いままで全部、主人がやってた配達を
私と娘でやることにした。

息子は会社員やねんけど、上司に父親のことを話したら
「仕事というのは家族を守るためにするもんや。
自分には仕事があるから手伝えないというのは本末転倒や。
僕も協力するからできる限り実家を手伝いなさい」
と言ってくれたらしい。
ほんまええ会社でええ上司や。
車を運転できるのは息子だけやったから、
遠い場所は彼が配達いってくれることになった。

とはいえ遠いところの配達はいつまでも続けられへん。
息子に手紙を持たして4月末でやめさせてもらうことにした。
そしたら配達中の息子から電話がかかってきてん。
「配達先の人がみんな言うねん。
今までこんな遠くまで配達してくれてほんまにありがとうな。
お父さんのこと大事にしいや、って。
倒れたこと聞いておばちゃんらみんな泣いてはるんや。
お父さんマジメな人やってわかってたけど
真剣に働くってこういうことなんやと教えてもらった。
僕、40歳過ぎて仕事で大切なことが初めてわかったわ」
そう泣きながら言うねん。
私はそれ聞いてほんまによかったなと思った。
今は確かにものすごい大変やけど、
お客さんたちが息子に「仕事の大切さ」を教えてくれたんや。

親がなんぼ息子に「ちゃんと働かなあかんで」言うても
そんなん右の耳から左の耳や。
そやけど他人様の口を借りて言ってもらったら腹に落ちる。

最初の病院は1か月で退院してリハビリ専門の病院へ移った。
そこはこのへんで一番厳しいリハビリするところやった。
主人の希望でそこへ入院することになってん。
脳梗塞のリハビリは地獄の痛みらしいんやけど、
店が気になる、早く帰りたいという思いでほんまに頑張りはった。

1か月くらいたって看護師さんが私に言いはんねん。

「奥さん、知ってはります?
ご主人、ご飯のたびに『おいしかったです。ごちそうさま』
とメモに書いて食器と一緒に返されるんです。

右手は使えるけど、左手動かそうとしたら激痛はしる筈やのに小さい紙を左手で押さえて一生懸命書いてはるんです。

食堂の方がこんなん捨てられないって言って見せてくれたんです。

1日3食毎回やからもう90枚近く溜まってるんですよ」

その話を聞いて私は泣いた。
主人にその紙を見せて「おとうさんこんなん書いてたん」と言ったら
「だって僕はありがとうと言いにいかれへんから書くしかない」
と平気な顔で言うねん。ほんまにあんな人いてない。
そんな人やから私も大変やったけど、頑張れたし、
娘や息子にも協力してもうて店を続けることができた。
あの時、店閉めなくて本当に本当によかったと思う。
7月の終わり頃、主人は退院して家に戻ってきた。
病院からは暑いしもう少し入院したらと言われたけど、

本人が店のことが気になるからって言って。
帰ってきてからも店に出て
文句ひとつ言わずにできることをやってくれる。
自分の体が思ったようにならないとイライラして
身内に当たる人が多いらしいけどそんなこと一度もなかった。

その頃、よう主人と話してた。
「こんなに狭い店でよかったね。
大きい店やったらうろうろしたら危ないから
おとうさん店に出やんといてとなるけど
小さい店やからつかまりながら移動できる。
お客さんも知ってる人ばっかりやから待ってくれるし」
ほんま、負け惜しみやなくそう思った。
これは本の神様が店を続けろと言うてんねんなと思って、
小林書店を続けることにしたんよ。

娘が店を手伝ってくれるようになって
「コバショ」という略称を復活させてくれた。
昔は小林書店のことみんなそう呼んでたみたいやねん。
音がカワイイやろ？
「小場所」と書いて「居場所」の意味にもなる。
店の角に本格的なベンチを作った。
お客さん20人くらいが作るの手伝ってくれたんやで。
小さい場所やけど地域の人が
ちょっこと寄れる居場所になったらええなと思った。
そこからイベントにも力を入れるようになった。

話は戻るけど主人が倒れた4月に一通の手紙がきてん。
大小田直貴《おおこたなおき》さんという人からや。
当時ドキュメンタリー番組を作るテレビ制作会社に勤めてた。

何年か前に東京の出版社で「本屋をあきらめない」という
座談会に出演したことあってん。
大小田さんはたまたまそれを聞いてくれたらしい。
しばらくしてから店に来て私がすすめる本を買ってくれた。
「実家が大阪なので帰ってきた時は寄らせてもらいます」
実際、時々、店に来ては私の推す本を買っていってくれる。
そういうつきあいを3年くらい続けてた。

手紙にはこう書いてあった。
「実は小林さんに最初に会った時から
小林書店を舞台にした
ドキュメンタリー映画を作りたいと思っていました。
でもこれは会社の仕事としてではありません。
それに一度カメラを回し始めたら多くの人を巻き込むことになる。
僕にその覚悟はあるか？と、

小林書店に通いながら3年間自問自答してたんです。
でもやっぱり作りたいので撮影させてください」

すごい誠実な人やなと思った。
そやけどまさに主人が倒れた時で店もどうなるかわからん。
こういう事情で改めて連絡しますと返事した。

7月末、主人が帰ってきて店を続けると決めた時、
映画の話を受けようと思った。
店が続いてこれたのは、お客さんはもとより、
支えてくれる地域の人たち、出版社に取次、みんなのお陰や。
小林書店にスポットライトが当たることで、
まちの本屋を支える人たちの存在をわかってもうたら
それはええ話やなと思ったんや。

それで大小田さんに「お願いします」言うたら、
9月から喜びいさんで撮影に来た。
それからその年の末まで
何十時間もカメラを回しはってん。
撮ってもろたタイミングもよかったかもしれん。
翌年の春から新型コロナウイルスでえらいことになったし
私も今は腰を痛めて歩くのも不自由になってしもたけど
映画の中では自転車乗り回してまだ元気やもん。

実は後から知ったんやけど
大小田さんが勤めていたドキュメンタリーの制作会社が、
撮影後に倒産したらしいねん。
撮影前から給料の遅延とかもあったらしく
お金ないから大阪来るのも夜行バスで節約して。
そんな状況なのに映画用に新しく

カメラとかの機材も3年ローンで買ったらしいわ。
そんなんおくびにもだせへんかったからわからんかったけど。

翌年4月には完成して店で試写してもらった。
タイトルは『まちの本屋』
ナレーションもないし音楽もない。
正直な感想は「こんなん誰が見るのん？」やった。
小林書店の日常と私の喋りが映されているだけや。
そやけど大小田監督は
「ナレーションや音楽を入れると
どうしてもお客さんの気持ちを誘導してしまう。
小林書店の日常をそのままを見せて
見る人がそれぞれ感じてほしかったんでそうしました」
と言うから信じることにした。

結局、『まちの本屋』は2020年の12月、
東京・新宿の小さな劇場で自主上映することになった。
私も行って、上映後に喋らせてもらった。
2日間計6回、毎回同じようなハイテンションでな。
毎回すすり泣くお客さんも多かった。
そこで見たお客さんが「よかった」と口コミを広げてくれた。

そして同じ2020年12月、もうひとつ大きな事件がおこった。
『仕事で大切なことはすべて尼崎の小さな本屋で学んだ』
という小林書店を舞台にした小説が発売されたんよ。
びっくりするやろ?
あ、理香さんは主人公のモデルやから当然、知ってるか。
タイトル長いからこのあとは『尼崎本』と略すね。

作者は川上徹也さんという人で、

本業はコピーライターなんやけど
いろいろな本を書いている作家さんでもあるんや。
出会いは2012年頃かな。
当時、川上さんは、
全国の書店で本当にあったちょっといい話を
集めた本を書いてはって
滋賀にある「本のがんこ堂」の田中武社長から
「小林書店に行けばきっとええエピソードいっぱいあるで」
と紹介されたことが縁で連絡くれはった。

川上さんは神奈川在住。
ちょうど私が傘の仕入れで東京行く日が近かったから
東京駅ちかくの丸善書店のカフェで待ち合わせた。
そしたら私、4時間くらいば〜と喋り続けてしまって
あやうく新幹線の終電逃すところやったわ。

その時の話を聞いて川上さんは思ったらしい。
「いつか小林書店を舞台にした本を書こう」と。
その後、川上さんは店に何度か来てくれて
傘を売ってる現場も一日体験していきはった。

それからも何年かそういうつきあいが続いててんけど
確か2016年の終わり頃、
「小林書店企画、出版社に通ったので由美子さんに提案したい」
という連絡が来たんよ。
うちの店の話なんか誰が読むんや
と思ったけどせっかく言うてくれてるから
翌年1月、版元の出版社に行って企画の内容を聞くことになった。

「幅広い年代の人たちに読んでほしいのでノンフィクションではなく

出版取次の新入社員を主人公にした小説として書きたい」


きっといろいろ試行錯誤した上での企画やったと思うねん。

川上さんの意見に私も賛成やった。

私の人生や小さな本屋のエピソードなんか誰が興味持つんか、と思うけど、うちをモデルにした小説であれば幅広い年代に面白がってもらえるかもしれん。


そんなこんなで出版企画はスタートしたんやけどその後、なかなか原稿は出来上がらなかった。

あとから聞くと、川上さんは書けずにかなり苦しんでいたらしい。

そうこうしてるうちに3年以上の時がたちコロナ禍《か》になってしばらくたった頃、やっと連絡があった。

「年内に出版できそうです」と。

こうして、ちょうど映画の公開と合わせたように
奇跡的に『尼崎本』は発売されたんや。

映画と小説によって小林書店はほんま大きく変わった。
娘が「ボーナスステージ」という表現をするんやけど、
その後の3年間はほんまいろんなことがあったわ。

日本中から大勢の人が小林書店に訪ねて来てくれるようになった。
ある日、『尼崎本』を読んで感動した福岡在住の40代の女性が
兵庫県在住の友達と店に来てくれた。
店内に貼ってあった映画のポスターを見て
「これどこで観られるんですか？」と質問するから
「今はどこも上映してないしDVDも出てないしなあ」
と答えたら、彼女たちが
「じゃあ私たちが上映会をしたら観られますね？」と言うねん。

その後、監督に問い合わせて、本当に上映会を企画したんや。

それまでその2人はいわゆる主婦で
もちろんイベントの主催なんかしたこともない。
会場の借り方もチラシの作り方も集客の方法も何もわからへん。
お金もかかるから集客できなかったら大赤字をかぶらなあかん。
そやけど、神戸の大きなホールを借りて、必死で集客しやってん。
そしたら大勢のお客さんが集まり大盛況やった。

打ち上げで「なんでこんなことしようと思ったん？」って聞いたら
「大人が真剣に何かに取り組んでる姿を子どもたちに見せたかった」
と言うねん。
当時、彼女たちには高校生や20代前半の子どもがいてた。
今の子どもたちは「大人になっても楽しいことなんて何もない」
と冷めた考えを持っていることが多い。

でもそんなことないで、真剣に何かに取り組んだら
大人でもワクワクできることいっぱいあるんやで
と伝えたかったと。

彼女らの子どもたちも最初、
「お母さんまたなんか変なことをしてる」
と冷ややかな態度やったらしい。
そやけど母親がワクワクと真剣に楽しんでいる姿を見て、
チラシの制作や上映当日の会場整理を手伝ってくれたらしい。

さらにその上映会に来てた小学6年生の女の子が、
今度は自分の地元でも上映会したいと言い出した。
保護者の人たちも協力して芦屋で上映会を開いてくれたんや。

そんなふうに縁が繋《つな》がっていくのはほんと嬉しい。

『尼崎本』は韓国にも翻訳されたから、
韓国からも訪ねてきてくれたお客さんも何人もいた。
他にも、台湾、ロシア、タイ、インドネシアでも翻訳されるらしい。
こんな小さな本屋の話が海外の人たちに読まれるって
ほんまに不思議な気分やわ。
しかも今度、『あの日、小林書店で。』というタイトルで
文庫化されるんやて。ほんまびっくりや。

他にも話したいエピソードはいっぱいあるんやけど
一番印象に残ってるのは広島県福山市にある盈進学園《えいしんがくえん》という
私立で中高一貫の学校に行った時のことかな。
そこは全国唯一の読書科がある学校で課外活動の読書部もある。

ある日、うちに荷物が届いた。
開けてみると盈進学園読書部の生徒からの手紙がいっぱい入ってた。

読書部顧問の先生が『尼崎本』を課題図書に選んでくれて
部員のみんなが熱い感想文を書いてくれたんや。
どれもすごい嬉しい感想ばかりで何回も泣いた。
これは直接学校に行ってお礼が言いたいと思った。

著者の川上さんに話したら「僕も行きたい」と言う。
学校に電話したら「ぜひいらっしゃってください」とのこと。
それで川上さんと盈進学園に行くことにしてん。

ほんまに大歓迎をうけて、
校長先生と読書部顧問の先生が学内を案内してくれはった。
校舎の中のいたるところに本が置いてあって
図書館も立派で陳列方法もとても工夫してある。
書店も参考にできるところがいっぱいあると思った。
読書部の生徒さんともいろいろ喋れて本当に楽しい時間やった。

映画『まちの本屋』も新宿の自主上映に続いて
2021年5月の大阪・十三のシアターセブンを皮切りに
神奈川、鹿児島、愛知、山口、福島、東京など
全国の映画館で上映された。
上映が決まるたびに監督と一緒になって喜んだ。
私もコロナで移動が制限されてる時を除いて
現地に行って上映後喋らせてもらった。
『尼崎本』もいっぱい売って、いっぱいサインした。
著者のサインより私がサインした方が圧倒的に多いんちゃうか。

そこでわかったんは
「まちの映画館」は「まちの本屋」と一緒ってことや。
経営は苦しい。でもやめたらまちに映画館がなくなる。
そんな使命感で歯を食いしばって続けてる。

オーナーが一番前で映画見てくれてて一番泣いてはんねん。

別れ際には決まったように
「小林さんに勇気もらいました。もう少し頑張ります」

って言うねん。

でも頑張ってくれとは言えない。たいへんなんがわかるから。

「せっかく来たから観光もしましょう」
と大小田監督はいろいろな場所に連れて行ってくれた。
名古屋では金のしゃちほこの前で写真を撮ってひつまぶしを食べ、
鹿児島では西郷さんの銅像を見てしろくまのかき氷を食べ、
横浜ではみなとみらいの観覧車に乗せてくれた。
今まで旅行とかほとんど行ったことないから
ほんとに新鮮でものすごく楽しい思い出になったわ。
商店街の仲のいい奥さんに言ってもらったことがあんねん。

「ちょうどええ時に映画や本にしてもらってよかったね。
もっと若い時やったらまだ根っこが生えてない。
もっと歳とってからやったら体がいうことききかへん。
今やったからこそきちんと根っこも生えてるし
いろいろな場所に行って楽しむこともできた」
ほんまにその通りやと思う。

そんなふうにいろいろなことがあったボーナスステージやけど、
2年くらい前から急に体にガタがきはじめた。
腰が悪くなり体が歪み歩くとものすごく痛いねん。
元気やった時は重たいものガンガン運んでたからな。
本が入ったダンボールもそうやし、
傘売りに行く時はテント設営して
傘がぎゅうぎゅうに入ったケースを並べ変えたりして。
設営だけで2時間かかるほんまに重労働やってん。

主人からは
「若い時にがむしゃらに頑張ったからこそ今の君があるんや」
と言われるんやけどな。

それで自転車も乗れず配達も行かれへんようになってしもた。
そしたらいろいろお世話になってる近所のお客さんが
ボランティアで配達行ってもええでと言うてくれてん。
それで実際行ってみたら意外に楽しかったということで
仲間を募ってくれはってなあ。
そしたら30代から70代まで8人も集まって
「小林書店互助会」というLINEグループを作って
みんなで配達してくれることになってん。

お客さんがそんなことやってくれるなんて考えられる？
ほんまにありがたいしか言葉がなかった。

何よりも、近所のお客さんたちが
「あそこの店なくなったら困るから自分にできることしたい」
と思ってくれたことがほんまに嬉しかった。
知り合いの書店に言うたら
「ええなあ。うちも一人貸してほしいわ」とうらやましがられた。

その後、小林書店互助会メンバーは12人に増えた。
最初は私の腰が治るまでと思ったけど、
なかなかその気配はなく少し歩くのも大変になった。
だからほんまにありがたかった。
そやけど万が一でも配達中になんかあったらと思うと
いつまでも甘えてるわけにはいかないとも思った。
そろそろこちらから決断せなあかん。
ありがたいと思いつつ配達はやめることにした。

小林書店は配達で持ってるような店やったから
売り上げも一気に下がった。
そんなことがいろいろと重なり
２０２４年5月31日をもって閉店することに決めた。

決断するまでは本当にいっぱいいっぱい考えた。
もとから店は誰にも継がせるつもりはなかった。
娘にも息子にも自分の居場所で輝いてほしい。
私の代で小林書店は終わり。
だから限界まで本屋を続けたい気持ちはある。
やめるって実はずるいなって気もすんねん。
書店業界が苦しい時にみんなを置いて
自分だけやめるってほんまはイヤやねん。
体さえちゃんと動いたらまだまだ続けたい。
「でもな」ともうひとりの自分が言うねん。

ここまでやったんやからもうええんちゃうかって。

幸い今やったら負債はない。
出版社や取次に迷惑かけずに閉店できる。
前々から話してた
「店を閉める時は貼り紙1枚で終わるのはいやや。
これまでお世話になった人にむけて『お礼の会』をしたい。
紅白の幕を張って、みんなに振る舞い酒をして
華々しくシャッターを下ろす」
という夢も今なら実現できる。
今こそが両親に感謝しながらやめられる潮時やで。
本の神様がそう言うてる気がした。
それで苦渋の決断したんや。

4月に閉店を発表した時から

ものすごく多くの人が小林書店を訪れてくれた。
ほんまありがたいことや。
そやけどひとりずつ何時間も喋るから
さすがの私も疲れすぎて
5月中旬からは声がでえへんようになってしもた。
娘から最終日の「お礼の会」に余力を残すように言われて
臨時休業して一日寝込むこともあった。

そんなこんなで迎えた最終日の「お礼の会」。
開店前から店の前には大勢の人が集まり、
店頭にはいくつもの祝い花が飾られた。
店内には紅白の幕が張られ、樽酒が置かれた。
まるで閉店やなくて開店のセレモニーみたいやったわ。

テレビの撮影クルーもシャッター開くのを待ち構えている。

実は閉店を発表してからテレビの取材の申し込みもいっぱいきた。
偉そうやけどすべて断った。
小林書店のことよく知らんのに「小さな本屋が頑張ったね」
みたいな取り上げられ方をされるのは嫌やってん。
ただある番組だけちゃんと『尼崎本』も読んで
熱心に密着取材したいと言ってくれた女性のディレクターがいた。
その番組に小林書店を紹介してくれたナレーターの方からも
「応援してくれるみんなのために記録を残しておくことは大切やよ」
と説得された。
なるほどと思って受けさせてもらった。
結果としてはほんまによかった。
ずっと誠実に取材してくれたしええ番組になった。
番組になったことで当日来れなかった方にも見てもらえたし。
そして私はというともう数日前から体力の限界で

当日は朝から病院に連れていってもらって点滴を打ち、
何とか予定より15分遅れで
必死の思いで「お礼の会」を始めることができた。

あとは涙、涙や。
ほんまにすごいことになった。
鏡開きから17時まで人が途切れることはなかった。
200人以上来てくれた。
閉店時間が近くになると店の前に大勢の人が集まって
自転車で通る人のために交通整理が必要になるくらい。
想像をはるかに超えてたわ。
そして、主人と二人で最後の挨拶をしてシャッターを閉めた。

これは内緒やけどな
シャッターが閉まってテレビのカメラもいない場所で

ものすごい嬉しいことがあってん。
娘と息子が大きな花束持ってきて、
私と主人に泣きながら言うてくれてん。

「お父さんお母さん、長い間ありがとう。
この店で僕たちを育ててくれてありがとう。
いつもここに帰ってくるのがとても安心で誇らしかった。
人生のすべてをお父さんとお母さんから学びました。
僕たちはそのことを次につなげて生きていきます」

それ聞いて私ら二人もまわりにいた人たちも大号泣や。
これはもう、私にとってほんと一番嬉しい言葉やった。
子どもらが小さい頃、とにかく商売が忙しすぎて
何にもかもてあげられへんかってん。

どんな友達がおってどこで遊んでるのかも知らんかった。
ほんま母親失格や。
そんな私たちに「ありがとう」って言ってくれたことが
ほんまにほんまにほんまに嬉しかってん。
「今まで頑張ってきてほんまによかった」と思ったわ。

閉店してしばらくは何ひとつやる気にならんかった。
そやけど2週間くらいたって
また気力がわいてきた。
このまま何もせえへんのはイヤや。
ある人が言うてくれた。
「小林書店は本屋でなくなっても永遠に不滅や」と。
どういう形で何をするかはまだわからんけど

小林書店の名前は残して
コバショとしてみんなが集まる場所を提供したい。
何か本にかかわる仕事がしたい。
新しい本屋の形を模索している若い人たちを応援したい。

「まちの本屋」はなくなるという人がいる。
でも本屋に来てくれるお客さんがいてる限りはなくならないよ。
だから本屋を育てるのはお客さん。
もちろん本屋も精一杯努力しやなあかんで。
そやけど本屋を育てるのはやっぱりお客さんと思うねん。

これからもどうぞよろしく、
あなたの近くの本屋を育ててください。

文庫版おわりに

本書は、兵庫県尼崎市・JR立花駅北側の商店街の外れに実在する小林書店（本屋としては2024年5月末に閉店）とその店主・小林由美子さんをモデルにした小説です。2020年12月ポプラ社から刊行された『仕事で大切なことはすべて尼崎の小さな本屋で学んだ』を改題し加筆・修正した上で、新たに「5年後、あの日の続き」を書き下ろしで加え、文庫化しました。

主人公は、出版社と書店の間をつなぐ「出版取次会社」の新人営業ウーマンである大森理香。彼女が由美子さんと出逢うことで成長していく物語です。

由美子さんとその夫である昌弘さん以外の登場人物や会社は、実在する人物・会社・団体等とは関係ありません。ただし由美子さんの一人語りの部分は、ご本人から直接お伺いしたエピソードを元に、一部の固有名詞等を変更したものです（医師で作家の鎌田實氏や映画監督の大小田直貴氏などはご本人の許可を得て実名で登場していただいています）。

そうした意味では、主人公の成長物語（ノベル）と由美子さんのエピソード（ノンフィクション）を融合させた、「ノンフィクション＆ノベル」といえる作品になっています。


本が生まれたきっかけは「5年後、あの日の続き」の中で、登場人物としての小林由美子さんの口から語られています。

著者である私は、2012年のあの日、初めて由美子さんに出逢ってお話を伺った時から、いつか小林書店のことを本にしたいと思ってきました。

由美子さんの仕事のエピソードには、書店に限らず、すべての業種に共通するような「仕事の基本」と言うべきことが盛り込まれていると感じたからです。こんな私でも、由美子さんの話を聞くと、「もっときちんと仕事をしなきゃ」と背筋が伸びます。仕事で大切なことはすべて小林書店から学べる。その感覚をより多くの人に味わってほしい。できれば書籍という形でと思ったのです。

単行本では8年がかりでその思いを実現することができました。

出版されてからは、由美子さんから「今日、本を読んでこんなお客さんが来た」「これまでに何冊売れた」といううれしい報告が頻繁に届くようになりました。

発売当初、「うちの店がモデルの本やから100冊は売らなあかんな」と由美子さんが言うので、私は「1000冊と言わず1000冊くらいは売ってくださいよ」と、半分冗談、半分本気で返したことがあります。

まちの本屋で、同じ本を100冊売ることはものすごいことです。1000冊売るなんて普通は考えられない。しかし数々の伝説を残してきた小林書店ならば可能かも、と思っての発言でした。結局、由美子さんは私の想像をはるかに超えて、2600冊もの本を売ってくれたのです。

2024年5月31日、小林書店は本屋としては閉店しました。

その数カ月前、閉店すると聞いた時、「とうとうこの日が来てしまったか」と思いました。その1年くらい前から、由美子さんの体のご様子を考えると、いつかその日が来るかもと覚悟はしていたからです。

その日から文庫化プロジェクトが始動しました。

単行本ではあえて入れなかった「夫の昌弘さんの入院」の話から始まって、映画や本にまつわるエピソード、さらに閉店日のことまで加筆した完全版の本にしたいという思いが強まったからです。由美子さんの賛同も得て、また小林書店に取材に通うことが増えました。

閉店日は、私の想像をはるかに超えていました。

こんなことが現実に起こるんだという思いでいっぱいになりました。

「あの日」から3カ月以上たった今でも、まだ余韻が残っているくらいです。

文庫版のカバーイラストは、その閉店日の様子をイメージしたものです。現実には店頭は溢れんばかりの人で埋まりましたが、これは小説の中で理香が思い描いた「想像上の小林書店の閉店日」だとご理解ください。

文庫化にあたって尽力していただいたPHP研究所の皆さま、文庫化にご理解いただいたポプラ社の皆さまには心から感謝を申し上げます。

また小林由美子さんご本人はもちろん、小林書店と関わりがあった多くの皆さまから取材のご協力をいただきました。ここでお名前はあげませんが、本当にありがとうございます。シナリオライターの内平未央さんには、元・取次社員という経歴を活かして単行本版のプロット作りに協力いただきました。解説を書いてくださった社納葉子さんにも感謝です。

物語の中に出てくる「百人文庫」は熊本市の長崎書店「ラ・ブンコ」を、「ホンコン」は新潟県新発田市の古本いと本「本の合コン」を参考にさせていただきました。

小林書店は本屋でなくなっても永遠に不滅です。

これからもずっと、小林書店（コバショ）と小林由美子さんの活動に注目していこうと思います。

２０２４年９月

川上徹也

解　説──人生について、私たちは小林書店で学んだ

社納《しゃのう》葉子

あの日、小林書店で、私も小林由美子さんと出会った。

2017年、初夏。月刊誌『PHP』でのインタビュー取材のためである。由美子さんと顔を合わせた瞬間、大きな瞳に自分がしっかりと捉えられたのを感じた。張りのある声で「こんな小さな本屋の話でええんかしら」と言いながら、挨拶もそこそこに10坪の店内を回りながら話を始める。取材というより、由美子さんの独壇場だった。

といっても、由美子さん自身の話ではない。店に並ぶ本を次々と手に取っては紹介してくれるのである。あらすじから始まって由美子さんの感想、作家の世界

観や人となり……。小説、絵本、1万円もする図鑑。どれも店に並べる理由があった。口を挟む余地はない。

気がつけば1時間が過ぎていた。「あら、お茶も出さずにごめんなさいね。・近くに同級生がやってる喫茶店があるんです。そこで取材を受けましょうか。お父さん、ちょっと行ってきます。あ、この人が主人です」。

1時間後に紹介された夫・昌弘さんは、本棚の後ろに半分身を隠すように座っていた。そ、そんなところに⁉（後々、そこが昌弘さんの定位置だと知る）。「はい、わかりました。行ってらっしゃい」と、世にもやさしい声と笑顔で送り出してくれた。

喫茶店に腰を落ち着けてから聞かせてもらった由美子さんの物語に、またしても口を挟む余地はなかった。結婚式で初めて出会った両親が、本屋という商売を選んだ理由、戦争で破壊し尽くされたまちで誰もが必死に生きた時代の空気は、主人公・大森理香が聞いた通り。由美子さんの口ぶりは臨場感たっぷりで、何十年前の話でもまるでその場にいるように入り込んでしまう。

阪神・淡路大震災が起きた直後、近所の人たちがやってきては「怖かったね」「無事でよかった」と言い合ったこと。まちの本屋の灯は消せないと、続けていくための手立てを懸命に考えたこと、そして自分が心底売りたいと思える「傘」を見つけたこと……。

「必ず売るから」と仕入れた250本の傘を何としても売るために思いついたアイディアは、「台車に傘を積み込んでわざとらしく音を立てて、知り合いの多い商店街を歩いてん。『何してるん?』と声をかけずにおられへんやん? そしたらしめたもんや。いくらでも説明するねん」。「アマのおばちゃん」の本領発揮だ。いたずらっぽい表情につられ、声をあげて笑った。

夫・昌弘さんのエピソードは、ある意味、衝撃的だった。

大企業を辞めて小さな本屋を継ぎ、家族と暮らすことが「人生の最後に後悔しないため」だと言う。その上で「僕は会社で外の世界を見てきた。これからは君が外に出て、いろんな人と会って、学んできてください。そしてそれを僕に教えてほしい」というのが「条件」だった。

人気《ひとけ》のない家に頭を下げる昌弘さんをいぶかしがる由美子さんに、「たくさんある本屋の中で、うちで買ってくださる。ありがとうございましたって頭が下がれへんか？」と静かに語りかける。

このあたりで、ついに私の涙腺は決壊し、涙が止まらなくなった。「感動」という言葉には収まりきらない。何を大切にして生きていくか。どう大切にするか。ありがたいという気持ちをどうあらわすのか。由美子さんが聞かせてくれた話には、それまで誰にも教えてもらわなかったこと、聞いたことのなかった言葉や考え方がたくさんあった。

気がつけば喫茶店でも2時間が過ぎていた。小林書店に戻り、撮影をしながらまた話を聞き、この日はトータルで4時間近く話してもらったと記憶している。

こうして小林書店、そして由美子さんとのおつきあいが始まった。

大阪市内に住む私の家から尼崎市の小林書店までは1時間ほどかかる。それでもできるだけ本は小林書店で買いたかった。読みたい本があればメモし、何冊かまとまったところで小林書店に注文した。店で由美子さんとおしゃべりし、由美子さんに教えてもらったカフェ（寡黙なマスターの焼くアップルパイが絶品だった）のカウンターで買ったばかりの本を開くのが大きな楽しみだったから。

私が小林書店につけた愛称は、Amazon ならぬ「尼ゾン」。即日配達も送料無料サービスもないが、本と出会う喜びやページをめくる幸せはたっぷりついてきた。

由美子さん自身も、一貫して本との出会いに貪欲だった。本と出会うとは、知らなかった世界の扉を開くことであり、自分を問われることでもある。

2人で京都の小さな本屋で開かれたイベントに出かけたことがあった。水俣《みなまた》病の患者さんの声を聴き、記録した本『みな、やっとの思いで坂をのぼる』（ころから株式会社）の著者・永野三智さんの話を聞くために。

帰りの夜道で、「水俣病の名前は知ってたけど、どんなことがあったんかは知らんかった。まだまだ知らんことがいっぱいある。何もかも知るのは無理でも、自分には知らんことがいっぱいあると肝に銘じておかなあかんなあ」と、静かな声でつぶやくように話した由美子さんを憶えている。

個人書店の経営の厳しさは、本書でも繰り返し触れられている。小林書店もその厳しい波を何十回と頭から浴びながら、「だから」「どうせ」と言い訳も開き直りもしなかった。むしろ「だからこそ」できることを常に探して、実践した。たとえばいつの頃からか、本を買うとカラフルなかわいいボタンを通した色ゴムで本をぐるりと巻いてくれるようになった。バッグの中で本が他のものと混ざり、表紙やページが開いたり折れたりすることがある。「本を傷めないように」という気遣いなのであった。「こんなん、安い材料でサッと作れる。これで本を傷めずに読んでもらえるんやったら全然たいしたことない」とさらっと言うのだ。色ゴムはほんの一例で、一時が万事、小林書店の商売は「売ればいい、売れたらそこまで」ではなかった。

小説化され、映画（「まちの本屋」、必見です！）にもなった小林書店への注目は、ここ数年高まるばかりだった。小林書店の「成功」の秘訣やノウハウを教えて欲しいと、由美子さんは多くの人に訊かれたようだ。

「私は『うちさえよければ』なんてまったく思わない。だから自分たちがしてきたことをなんでも話したよ。でも、感心はしてもたいてい『うちでは難しい』と言うねん。実際にやった人はほとんどいない」

こんな時の由美子さんは寂しそうだ。心底「みんなで知恵を出し合って、助け合って、みんなが笑える社会」を望み、生きてきた人なのだ。

多くの注目を集め、多くの人に愛され、多くの同業者に羨まれた小林書店は「成功」したのだろうか。経営という観点でいえば、成功とは言えないようだ。由美子さん自身、「お金の心配をしなかった時期はなかった」と言い切る。そもそも業界の商習慣自体が現代に合わない無理があり、個人書店だけでなく「みんなしんどい」ように見える。では「失敗」したのかといえば、そうではない。

私たちは「小林書店」を通じて学んだ。人生は「成功か失敗か」の二元論ではないことを。人はささやかな手応えに胸を躍らせ、思わぬ失敗や厄災《やくさい》に泣き、差し伸べられた手にまた涙し、再び立ち上がって歩き始める。その繰り返しのなかで、何を見い出すかなのだと。

（ライター）

著者紹介
川上徹也（かわかみ　てつや）
コピーライター。湘南ストーリーブランディング研究所代表。広告代理店勤務を経て独立。2008年からは作家としても活動。『物を売るバカ』（角川新書）、『ザ・殺し文句』（新潮新書）、『キャッチコピーのつくり方』（日本実業出版社）など著書多数。海外にも６か国20冊以上が翻訳されている。
書店好きとして知られ、全国の書店を取材して執筆した『本屋さんで本当にあった心温まる物語』（あさ出版／冒頭の『一冊のジャンプ』のエピソードは中学三年生の道徳の教科書に採用）などの著作もある。

協力：小林由美子
イラスト：わみず

本書は、2020年12月にポプラ社から刊行された『仕事で大切なことはすべて尼崎の小さな本屋で学んだ』を改題した上で加筆・修正し、新たに「５年後、あの日の続き」の書き下ろしを加えたものである。

PHP文庫　あの日、小林書店で。

2024年10月15日　第1版第1刷
2024年12月26日　第1版第3刷

著　者　川上徹也
発行者　永田貴之
発行所　株式会社ＰＨＰ研究所
東京本部　〒135-8137　江東区豊洲5-6-52
ビジネス・教養出版部　☎03-3520-9617(編集)
普及部　☎03-3520-9630(販売)
京都本部　〒601-8411　京都市南区西九条北ノ内町11
PHP INTERFACE　https://www.php.co.jp/
組　版　株式会社PHPエディターズ・グループ
印刷所
製本所　大日本印刷株式会社

ISBN978-4-569-90446-7

PHP文庫

会社を潰《つぶ》すな！

崖っぷち社員たちの企業再生ドラマ

小島俊一 著

倒産寸前の赤字書店に出向させられた銀行マン・鏑木の運命はいかに⁉ 決算書とマーケティングの基本が学べるビジネスエンタメ小説。